AF580400

El mundo a través de cuentos

Arlis Milán Mosquera

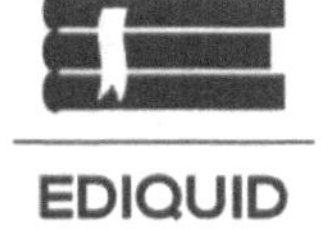

EDIQUID

EL MUNDO A TRAVÉS DE CUENTOS

Editado por: Corporación Ígneo, S.A.C.
para su sello editorial Ediquid
José Olaya 169, Ofic. 504, Miraflores. Lima, Perú
Primera edición, octubre, 2024

ISBN: 978-612-5160-72-0
Tiraje: 300 ejemplares

Hecho el Depósito Legal en la Biblioteca Nacional del Perú N° 2024-09639
Se terminó de imprimir en octubre de 2024 en:
ALEPH IMPRESIONES SRL
Jr. Risso Nro. 580 Lince, Lima

www.grupoigneo.com
Correo electrónico: contacto@grupoigneo.com | Teléfono: +51 955 071 270
Facebook: Grupo Ígneo | X: @editorialigneo | Instagram: @grupoigneo

Colección: Nuevas Voces

Contenido

El libro El mundo a través de cuentos *nace para inspirar a grandes y chicos con relatos que les mostrarán un mar de magia y los llevarán en un viaje a través de una galaxia nocturna de hazañas que darán a luz a héroes que cambiarán el planeta.*

Arlis Andrés Milán Mosquera

Sol Ángel Fajardo (autora de *El viaje de Elías y Martín*)

El salvador del planeta Falcom II

Jiin se unió a los héroes que arriesgaron su vida y su tierra para unir a varios países que, sin ningún objetivo claro, se debatían entre el odio y el deseo de aniquilación. Con el tiempo, se convirtió en un héroe de renombre universal, pero los problemas no se hicieron esperar: en Caledonia surgió Elefante Negro, un personaje que deseaba lo mejor para su nación, pero dominaba a los demás sin compasión. A pesar de sus métodos, era considerado el más grande porque todos se beneficiaban de él.

Cuenta la historia que Elefante Negro, un ser de otro planeta, aunque con características de Falcom, era un tirano amado en Caledonia por su fortaleza, lealtad, invencibilidad y filantropía. Era el héroe que cualquier nación desearía tener. Incluso, se lo comparaba con Sansón por su sabiduría y poder de convicción. Cuando salía de su país, todos huían y preferían entregarle sus riquezas antes que enfrentarlo, pues era sabido que ultrajaba a las mujeres mayores de 24 años, consideradas niñas en este universo de gente longeva, y esclavizaba a sus esposos; además, disparaba rayos a los niños solo por verlos arder. Aunque en su tierra natal era considerado un buen amigo, en otras naciones se comportaba como un ser despreciable.

Elefante Negro, que era amado en oriente, pero odiado y temido en occidente, dominaba naciones cercanas, como Orso, Fanfaria, Daxxon, Copenhague y Madagascar, entre otras. Era tan poderoso que nadie podía derrotarlo. Si alguien se le acercaba con mala intención, su cuerpo lo percibía y, automáticamente, lo derribaba. Además, tenía un ejército de mil hombres equipados con armas para acabar con cualquier nación o persona que atentara contra él.

En su tierra, los caledonianos vivían como reyes y nadie sabía de las maldades de Elefante Negro; la razón era simple, estaban aislados del resto del planeta Falcom. Eran prisioneros, pero disfrutaban su aislamiento porque lo tenían todo: oro, dinero, minerales, petróleo, mares, ríos, lagunas y vegetación tropical, clima templado y frío. Eran ricos y se burlaban de los demás países, que acudían a pedirles favores.

Entre sus riquezas naturales, los caledonianos tenían dos ríos que cruzaban la nación y propiciaban el crecimiento de frutas de alto valor energético, cuyo consumo permitía que una persona no necesitara otro alimento ni agua durante meses. Los ríos de Dios, como se los conocía, se unían formando un delta en el que crecían peces muy nutritivos, aptos para el consumo en toda ocasión.

A pesar de esta abundancia, Elefante Negro salía a aniquilar otras naciones, derrochando maldad. No había nadie capaz de enfrentarlo; todos eran pequeños en poder e inteligencia en comparación con él. Jiin conocía la historia de este villano, pero había decidido alejarse para dejar que nacieran otros héroes. Aunque su pueblo estaba cada vez más sometido y esclavizado por Caledonia.

Una vez, mientras Jiin estaba en Orso disfrutando del sol, que le daba poder —aunque las otras naciones ya habían encontrado la forma de enfrentar ese poder—, vio una nube de más de quinientos hombres surcando el cielo. Entre ellos, había uno más poderoso, con brazos largos y fuertes y vestimenta de héroe americano, botas grandes y con moldes de oro en el pecho. La gente corría y se enterraba en la tierra blanda de Orso para protegerse. Los que no lograban hacerlo, eran capturados por los invasores, quienes los envenenaban con una sustancia que los sometía completamente, tanto que entregaban sus cuerpos para que aquellos seres siniestros hiciesen lo que quisiesen.

Jiin, otrora salvador de su pueblo y de todo el planeta Falcom, aunque había decidido no volver a luchar, se vio obligado a actuar al ver la crueldad de los caledonianos. Por lo tanto, arrancó su espada y gritó con fuerza. Sus dos amigos, a quienes había visto morir despedazados, escucharon su grito y acudieron desde el más allá para enfrentar a Elefante Negro en una batalla épica, digna del planeta Falcom, donde se lucha por el honor y se salva la dignidad, incluso del enemigo.

Elefante Negro se burlaba creyendo que jamás podría ser vencido por solo tres enemigos, pero ignoraba que los dos seres venidos de ultratumba eran más fuertes que veinte de sus hombres y más poderosos que cien de sus enemigos, y que Jiin era un experimentado guerrero que había liberado un planeta entero. Cuando el pueblo se enteró del combate, decidió luchar junto a ellos para evitar que Falcom se convirtiera en un enjambre de guerra y odio.

Jiin atacó y venció a los líderes enemigos, pero el resto del ejército de Elefante Negro comenzó a destruir a los ciudadanos de Orso y de otros pueblos que llegaban para luchar contra la mayor amenaza de Falcom. Cada vez se unían más personas, quienes, cuando resultaban heridas o quemadas por los rayos de Elefante Negro, decidían huir para no dejar su honra en manos de los enemigos. Luego de varios días de cruentas batallas, se amontonaban los muertos, tanto de un bando como del otro.

Después de nueve días, los enemigos se rindieron ante el poder bélico de los orsianos. La noche dio paso al día, y el sol iluminó la victoria. Los dos amigos venidos de ultratumba se reunieron con Jiin, pero, poco después, el sol se apagó por unos minutos y desaparecieron. Más tarde, el sol volvió y brilló durante cinco días, lo que facilitó la reconstrucción de Orso y de las demás naciones destruidas.

Derrotado, lleno de rabia y deshonor, Elefante Negro huyó a Caledonia, donde todos lloraron su derrota. Claro que Jiin los liberó al mostrarles cuál era el verdadero rostro de aquel a quien consideraban su héroe. Les dijo que, aunque su nivel de vida era alto, contrastaba con la libertad de otras naciones. Desde ese día, los caledonianos pudieron recorrer el mundo y comprendieron que habían vivido secuestrados en su propio territorio.

Elefante Negro reconoció que su objetivo era separar al planeta Falcom, pues creía que los caledonianos eran superiores y que los demás debían desaparecer. Con el tiempo, tuvo que enfrentar los reproches de su gente, que antes lo consideraba un salvador, pero ahora lo veía como un hombre ávido de injusticia y odio.

Jiin regresó a su vida austera, sosegada y tranquila. Falcom lo felicitó y el sol lo elevó a la nube más alta como premio a su altruismo y a su lucha por el bien común. Allí pudo contemplar por un instante a sus dos grandes amigos, pero ellos no lo vieron.

La muerte rodea el ascensor

La noche transcurría plácida, calmada y controlada, como una mujer sin agüero, sin prejuicios y llena de alegría por el amor de su vida. Así era la noche cuando Elí subía por el ascensor. Llevaba tanto afán que no se dio cuenta de que parte del edificio estaba sin luz. Al subir al cuarto nivel, el elevador se quedó petrificado, callado, sin emitir ni un sonido. Elí se enojó, pero, como estaba tan enajenado en sus fríos pensamientos, no se preguntó cómo había llegado hasta ese piso si no había luz. No fue capaz de conectar en su mente esos dos eventos. Solo reaccionó cuando el ascensor se detuvo.

El hombre, de casi siete décadas de vida, se convirtió en un ser de otro planeta: la tez se le volvió escarlata, y la cabeza, amarilla. Si su esposa lo hubiera visto, se habría espantado y habría huido, pero estaba en su alcoba esperando que él le trajera una medicina que necesitaba para mejorar de unos cólicos que parecían robarle el estómago y desaparecerle la espalda. Ya no lo resistía, así que con paciencia esperaba la llegada de su pareja de toda su existencia (Elí), era un mago: cuando ella hablaba, él convertía sus palabras en hechos. Era como su pequeño animal domesticado.

En el elevador, la paciencia se agotaba y su pudor lloraba. Era un ser terco para no obedecer a su esposa y amable para cumplir sus deseos. Cuando se casó con ella, prometió darle el universo; sin embargo, a duras penas le pudo comprar un lugar simple, con algunas comodidades y pocos excesos, pero no el paraíso, lo cual lo frustró mucho. Había incumplido tantas promesas que ahora sentía la obligación de hacer cualquier cosa con tal de que su esposa no se saliera de los estribos. Claro, ella cada vez le exigía más, y él solo dejaba que su amada lo tratara como a un niño. Obediente, igual que el mensajero de la diosa Venus, Elí se adelantaba para quitarle las piedras del camino. No había margen de error para tropiezos.

Detenido en el cuarto, el ascensor comenzaba a destilar un olor fúnebre, como si las ciento cincuenta y cinco personas que habían muerto allí vinieran de ultratumba a demostrarle que él sería la próxima víctima, ellos también habían dejado de ver el sol para siempre en ese mismo lugar. De repente, sonó una alarma, la cual solo era escuchada por los que morirían, ya que, cuando los sacaban vivos de ahí, alcanzaban a preguntar con una voz apenas audible: «¿Escucharon la alarma?». Sus voces eran tan tenues, apagadas, limitadas y carentes de sonidos consonánticos sólidos que no era sencillo determinar si decían «alarma» o «calma, calma». A los pocos minutos morían. Sus pulmones estallaban y salía sangre por las ventanas de sus cuerpos.

La gente no sabía nada de ello; por lo menos, la mayoría. Los administradores, con falacias, decían que fallecían debido a su avanzada edad, ya que padecían enfermedades mortales. Todo esto vino a la memoria de Elí, un extranjero que llevaba treinta años viviendo en Singapur, durante cada uno de los cuales había visto que muchos vecinos habían pasado a mejor vida; a veces cinco, a veces seis por año. Con el miedo a flor de piel, las piernas moviéndose como ventilador en verano, y con la culpa de fallarle a su esposa, pensó que, según las estadísticas, le quedaban pocos minutos de respiración.

Golpeó muy fuerte el elevador, pero nadie lo escuchó. Ante la inclemente lluvia, los ciudadanos se habían adentrado en sus alcobas para dejar que pasara la tormenta. Era un mes de invierno imposible de soportar, con precipitaciones constantes y numerosos truenos que se escuchaban de extremo a extremo en el país. Singapur es una nación muy particular: viven desde ricos hasta pudientes, y las leyes están hechas para los multimillonarios. Las pequeñas islas son para grandes y adinerados magnates, y es todo un placer regocijarse. Esta República era el nuevo territorio de aquel suramericano, que con humildad vivía entre ellos.

El extranjero, como lo llamaban algunos asiáticos, había llegado a buscar fortuna a en esa región insular rodeada por agua, donde las personas generan trabajo, donde vivir es un privilegio y donde las reglas se cumplen o se va a la cárcel. Incluso se pueden pagar con sangre errores que en otros rincones del mundo son rutinarios.

Elí recordaba a un viejo amigo llamado Carlos, que había llegado a Singapur desde un lugar precioso, vecino de su nación, donde las leyes se negociaban y la paz tenía un precio muy alto. Allá las normas eran para los débiles, y las leyes, solo para quienes querían cumplirlas; es decir, las normas valían lo que cuesta comprar un huevo de codorniz. Carlos había venido con una actitud arrolladora de triunfo, pero olvidó que no estaba en la tierra que lo había visto nacer, sino en una isla donde las leyes valen lo que cuesta el espíritu y se cumplen; de lo contrario, uno desaparee del mundo.

En cierta ocasión, mientras caminaba, se sintió mareado y buscó de inmediato un lugar para eliminar su estómago si fuera posible; para su suerte traicionera, un policía lo estaba observando, así que lo llevó al sitio donde van los violadores de las leyes banales en Suramérica. Allí murió de miedo, soledad y deseando no haber salido de su tierra.

Vino a su memoria que a otro amigo peruano lo habían esposado por arrojar un papel a la calle. Este hecho lo marcó, ya que lo consideraba una persona respetuosa y cumplidora de las leyes. Todos estos recuerdos lo hicieron estremecer y le trajeron a su mente que allí celebraban el Día del Retrete, lo cual se relacionaba con el momento que estaba viviendo, una necesidad fisiológica en un ascensor podía ser causa de pena de muerte, y en todos había detectores de olores contraproducentes.

El pobre hombre estaba a punto de dejar salir todo el miedo de su ser por medio de su agua nacida en los riñones, pero sabía que podía ser su última vista al mundo. No había forma de que esta agua amarilla llegara al retrete sin ser detectada. Además, en esos días de celebraciones era peor, ya que las autoridades estaban muy alertas y el castigo era un triunfo para su celebración.

Pasaban las horas, y él no paraba de llorar y pedir auxilio. Sus lágrimas, que eran oscuras pero dulces, se confundían con el agua salada que salía de sus riñones, lo cual le hacía botar un río dulce por sus ojos, impregnando su llanto de miedo y dolor. «¡Cómo se puede vivir así!», murmuraba.

En un momento, cerró los ojos para dejarlos descansar, pero no sirvió de nada, pues el ascensor subió al octavo piso y de pronto vio un hombre muerto a su lado. No sabía qué hacer. ¿Sería el número ciento cincuenta y siete? El aspecto de aquel cadáver era aterrador: sus ojos estaban afuera y su lengua era un corbatín negro. «¿Cómo llegó hasta aquí este cadáver? ¿Entró solo o lo tiraron? ¿Y cómo es que yo no puedo salir?», se preguntaba, vacilante. ¿O acaso se lo preguntaba al muerto? ¡Qué confusión tenía el gran Elí!

En medio de su espanto, el extranjero pensó: «Si hago alguna necesidad fisiológica, abrirán, me encerrarán y moriré en la cárcel; en cambio, si no abren, mi esposa morirá por falta del medicamento que le traigo y yo seré la víctima número ciento cincuenta y siete». En este ir y venir de pensamientos, ya pasaban las nueve horas sin ver el sol o sentir la lluvia. Ahora padecía hambre, sed y miedo hasta en los pocos pelos que tenía; en esos instantes, ya había perdido trece mil de ellos.

Entonces, se dijo: «Asumiré el riesgo y trataré de explicarles, pero ¿cómo lo haré, si ellos, antes de cambiar las leyes, prefieren cambiar su alma? Jamás me entenderán. ¿Y si espero y en unos minutos me rescatan? Habré triunfado».

Olas de caminos navegaban en su mente. Elí, el pobre suramericano, ya se quedaba sin fuerzas. Recordó cuando, en su pueblo, iban a matar a diestra y siniestra, y él, siendo un niño, se salvó escondiéndose debajo de un cadáver y dejando de respirar durante varios minutos.

Cerró de nuevo los ojos y se oyó un crujido: la cabeza de un muerto apareció en el piso ocho. Se espantó al ver que llevaba una corbata igual a la suya. Un señor decapitado y los ciento cincuenta y cinco que yacían enterrados lo tomaron por sorpresa. Para su sorpresa, en medio de su incertidumbre, percibió que el ascensor descendía. Era una buena noticia. Cuando cerró las ventanas del alma para ver el milagro, se encontró con un ser de ultratumba, una mujer disecada hacía varias décadas que le suplicaba salvación.

Todos estos acontecimientos no lo desconcentraban de su objetivo. Estaba tan acostumbrado a ese miedo que no le causó pánico. Empujó a la mujer disecada, y el ascensor bajó más y subió a gran velocidad hasta que se detuvo en el piso de su alma gemela. La puerta se abrió de manera insólita y ruidosa, como si fuerzas de ultratumba intentaran impedirlo. Su mujer lo miró y le dijo:

—¿Por qué no fuiste a comprar el medicamento?

—Aquí lo tienes, amada mía —respondió Elí—. Tus deseos son órdenes siempre.

Luego, fue al baño a hacer todo lo que no había podido hacer en el ascensor. Más tarde, bebió mucha agua y comió como nunca, casi masticando todo lo que veía a su paso. Al salir, vio por la ventana. Jamás supo cómo ni en qué momento bajó y subió el elevador. Se dio cuenta de que la Navidad comenzaba y todo el mundo dialogaba y miraba hacia el piso nueve. Cuando bajó de nuevo, la gente lo miraba.

—¿Qué pasó? —preguntó sin entender qué ocurría.

—Sobreviviste y no pisoteaste nuestras costumbres —le respondió una mujer de 80 años—. Ahora eres de honor y te pensionarán para siempre. Nadie había sobrevivido; ya iban ciento cincuenta y seis personas. Ahora nadie más morirá y tú estarás a salvo.

Entonces, subió y le contó lo ocurrido a su esposa, pero ella no comprendió nada. No sabía que su esposo había estado a punto de morir porque en algún momento había desobedecido las leyes y lo habían puesto a prueba. Elí no había sucumbido ante la muerte ni ante el miedo, y menos a incumplir las normas de su nueva nación, ya que su amada no le hubiera perdonado su desobediencia.

Elí vive y lleva sus leyes plasmadas en el alma. Entendió que «al país que fueres, haz lo que vieres, y deja las ancestrales costumbres en tu memoria». También se dio cuenta del profundo amor que sentía hacia su esposa y que podemos émanciparnos de la cultura.

Carolina, la lechona parlante

Carolina parece un nombre de mujer, pero en realidad es el nombre de una cerdita que vivía en una zona exclusiva de Cuba donde la isla vende mar, pero pocos compran agua dulce, y menos de otros sabores. Todos querían ver, tocar y hasta tomarse *selfies* con aquel animal de simpatía sin igual. Al parecer, el agua salada del océano la convertía en una cerdita casi mágica.

Con el paso del tiempo, creció en peso y tamaño, y el amor por ella se volvió más dulce. Su cerebro se acostumbró a vivir con los humanos, por lo que hacía sus necesidades en un espacio dedicado y construido para ella. Hasta tenía un médico particular y una cama adaptada a su cuerpo. Carolina ya casi sonreía.

Una vez, un niño se asustó después de jugar con ella, pues tuvo la impresión de que le había respondido y que había lanzado una carcajada desde su trompa. Cabe aclarar que decir que Carolina tenía trompa era una ofensa para sus amos, porque la querían tanto y la consideraban tan humana que preferían decir que tenía unos labios diferentes y una boca llamativa y audaz.

Don Facundo, quien la había visto nacer, la amaba y la cuidaba como a una niña. Carolina ya se sentaba a ver televisión y señalaba sus programas y personajes favoritos; era una figura municipal. Debido a su olfato y al sentido humano que había adquirido, si alguien llegaba a la casa con buenas intenciones, ella le abría la puerta y lo recibía con cordialidad. En cambio, si venía enojado, era desconocido o tenía malas intenciones, no le abría, lo que era una señal de alerta para todos. Era un encanto, eso decía su amo; quien le ponía un suave manto.

Un día, don Facundo tuvo que viajar. Se llevó a sus tres hijos y a su esposa, pero no podían llevar a la cerdita, él pensaba que sería un viaje corto y, además, ella le tenía miedo a cualquier medio de transporte. Prefirieron dejarla con el vecino más cercano, que le daría el mejor cuidado posible.

Carolina se entristeció cuando se fueron sus amos, pero sabía que esta acción era común cada fin de semestre y, de una u otra forma, se había adaptado a esa circunstancia. Los amos no mostraron mucho sentimiento en su despedida para no hacerla sentir sola. Carolina era un amor, volvía a decir su amo.

El tiempo no se detenía, pasaban los meses y la familia no regresaba. Carolina estaba triste. Sabía que en las vacaciones de diciembre se demoraban, pero, cuando eso ocurría, la llamaban por teléfono y ella les respondía con un sonido de alegría, pero esta vez nadie la había llamado. La preocupación y el cansancio le hicieron subir tanto de peso que la gente pensaba que era una vaca gigante: medía casi dos metros de altura y pesaba cuatrocientos kilos; ya no cabía en la sala de la casa del vecino.

Debido a malos negocios, sus cuidadores cayeron en la pobreza y un día de diciembre le informaron que su familia ya no volvería. Habían sufrido un accidente y tenían que pagar los daños causados a terceros. Por lo tanto, habían preferido quedarse en su nueva tierra para poder recuperarse. Carolina había quedado huérfana.

Jamás volvió a ver a sus amos, lo que le causó depresión. A pesar de todo, no podían olvidar que, aunque fuera un animal, su naturaleza no cambiaría en miles de años. Para ese entonces, en plena Navidad, sus cuidadores ya no tenían cómo alimentarla. La única solución era venderla para recuperar algo de lo invertido. Casi cuatrocientos kilos de carne a treinta mil pesos significaban casi doce millones de pesos, de los cuales cinco millones serían para ellos y el resto se lo enviarían a los amos de Carolina. Ya todo estaba dicho y planeado.

El frigorífico era un lugar dantesco, lleno de hombres con atuendos blancos manchados de sangre y animales que gritaban como humanos ante los cuchillos filosos. Un lugar infernal donde los cerdos pagaban por haber comido tanto.

Con su cerebro casi humano, Carolina entendía a la perfección lo que iba a suceder. Sabiendo que su ejecutor la mataría con la misma indiferencia con la que mataba a otros animales, ya fueran gallinas, cerdos o vacas, puesto que le pagaban por eso y él se esforzaba en hacer su trabajo lo mejor posible, lo miró de frente y le dijo:

—¿Me vas a matar? ¿Acaso he hecho algo malo? ¿Te he causado problemas? ¿He sido cómplice de tus enemigos? ¿He sido participe de tus desastres amorosos?

Sorprendido, el carnicero soltó el cuchillo y salió corriendo. Sin embargo, los nervios le impidieron abrir la puerta, así que tuvo que seguir escuchando a Carolina. Al ver su reacción, ella le propuso:

—Si me matas, la conciencia te atormentará por el mal que habrás hecho. Además, el pueblo te odiará y nadie comprará tu carne, pues soy casi humana, y eso tiene un gran valor. Mejor deja que salga de aquí. Venderemos mi voz humana y te vuelves rico.

El carnicero no podía creerlo; se tocaba la cabeza y el mentón sin ser capaz de pronunciar palabra. Horas después, despertó de aquel letargo. Sentía que todo ocurría fuera de este mundo, fuera de la frontera humana. Permaneció callado mientras asimilaba lo ocurrido y pensaba en la propuesta de la cerdita parlante. Finalmente, comprendió que era mejor dejarla vivir y emprender un negocio con ella, así que, con toda naturalidad, le dijo:

—No te voy a matar. Iremos a la plaza central del pueblo y tendremos una conversación. La gente se impresionará al verte hablar, y eso será suficiente para darnos a conocer y generar mucho dinero.

—Pero debemos irnos del pueblo —respondió Carolina—. Vayamos al departamento vecino, que allí nadie nos conoce. Así, podremos comenzar nuestra empresa y expandirnos a otras ciudades.

Así fue como emprendieron su huida hacia La Habana, la ciudad musical de Cuba, donde el llanto se convierte en melodía, al estilo de Pablo Milanés o Los Van Van, tierra buena y de gente fascinante, que se deja cautivar por lo curioso y atractivo, gente trabajadora y amante del buen vivir.

Allí, en forma de vaca, Carolina hablaba con un lenguaje claro, diáfano y con una elocuencia fascinante, lo cual les permitió enriquecerse. Como ella tenía características humanas, su vida se prolongó y vivieron mucho tiempo juntos. La gente se entusiasmaba más por esa curiosa amistad que por el hecho de que ella hablara como un humano.

El mago de Francia

París es conocida como «la Ciudad de las Luces», «la Ciudad de la Moda» o incluso «de la Cultura Mundial». Allí se recuerda a importantes hombres que resaltaron más por sus hechos que por su estatura, como Bonaparte. No obstante, en aquellos días difíciles para Europa, también surgieron personajes que se destacaron por su capacidad para hacer magia, encantar y mostrar otra realidad en medio de la oscuridad y la falta de *glamour*.

Felchen medía 1,65 metros, pero su capacidad intelectual superaba su estatura. Ciertos privilegiados, aunque no ricos, lo llamaban «el Bonaparte Mago». Para algunos, esa comparación era una ofensa; otros entendían que solo querían darle popularidad; otros, en cambio, pensaban que la comparación beneficiaba más a Bonaparte, pues Felchen era un mago único y sabía más que el héroe en sus batallas.

El mago recorría las calles tratando de ganarse el cariño de la gente. No le interesaba acumular una gran fortuna: aunque se decía que era capaz de convertir palomas en dinero, envases de cerveza en oro, agua en cerveza, y enfermedades en salud, no tenía nada y vivía como un simple ciudadano.

Un día, le llevaron a una niña llamada Julieth, que había nacido con macrocefalia. Su cabeza tenía el doble del volumen del resto de su cuerpo. Aunque ella ya no tenía deseos de seguir viviendo, sus padres, que eran muy pobres, aun cuando en otra época habían sido ricos, no querían dejarla ir de este mundo. Una enfermedad puede empobrecer al más rico, sobre todo, en tiempos en los que no existía la salud prepagada o entidades similares.

Al verla, Felchen no supo qué hacer, ya que nunca había enfrentado un caso de esa naturaleza y tampoco podía ofrecerles dinero, pues ya no les interesaba. Solo querían que su hija estuviera en las mejores condiciones posibles.

La gente no sabía que cada vez que Felchen hacía magia, perdía un año de vida y que, en ese entonces, solo le quedaba una oportunidad más. Había nacido con ese don, y sus padres habían decidido que, debido a la situación crítica que acosaba al país y al continente —la guerra se usaba como excusa para matar y la pobreza se extendía por todas partes—, no había más remedio que aportar con magia para crear felicidad en la gente, que en esos días solo deseaba el fin del mundo. La moda había pasado y las luces eran más oscuras; nadie podía imaginar que este país sería un lugar privilegiado para el mundo.

Por lo tanto, en medio del sudor, la tristeza y la incertidumbre, no sabía qué hacer con Julieth, pues sabía que usar su última magia implicaría su muerte, pero también la oportunidad de hacer feliz a mucha gente, de convertir en realidad sus sueños.

El proceso de convertir los envases en oro o las palomas en dinero duraba un año y seis meses, y solo ocurría si la luna brillaba y estaba rodeada de tres estrellas. De las casi cien personas que habían pasado por este proceso, algunas utilizaban la riqueza obtenida para apoyar causas nobles en toda la ciudad; otras, en cambio, para hacer brillar las armas.

Todo parecía normal, pero el mago sentía que su poder de decisión ya no dependía de él, sino de la luna, la cual apareció como dando su visto bueno e iluminó la noche, la ciudad, todo el continente, e incluso dicen que llegó hasta países de África. Fue un espectáculo increíble: las luces salían de la luna y, al llegar a la tierra, tomaban diferentes colores.

Felchen hizo pasar a la niña, quien no tenía pies, o por lo menos no se le veían. Las manos parecían las de un pequeño pájaro, ya que la cabeza eclipsaba las extremidades. La madre sudaba; ya las lágrimas no salían de sus ojos. El padre, un hombre de 42 años, tenía la complexión de un joven de dieciocho que jamás hubiera recibido una buena alimentación.

Las horas pasaban y el mago debía tomar una decisión. Su colega le aconsejó:

—Debes pensar en la mayoría, pues esta magia es tan grande que no se puede comparar con ningún dinero del mundo ni con todo el oro del universo.

—Consejero, ¿te das cuenta de que la salud es el más grande tesoro que la Divina Providencia nos ha dado? —dijo Felchen—. Este milagro puede significar mi muerte, el caos para todos, pero también la esperanza para una familia. No sé qué hacer, pero la luna me invita a que lo haga, aun a riesgo de dejar a París en la oscuridad y sin esperanza.

El mago habló con Julieth. Ella nunca había pronunciado una palabra, pero en ese instante lo hizo. Los padres quedaron aterrados y la habitación se llenó de colores: azul, rojo ferviente y claro, y un fondo blanco que simbolizaba la bondad de todos y la sabiduría del mago.

Aunque todavía con dudas, pero con una firme convicción, consciente de sus decisiones, Felchen salió, suspiró profundamente y pronunció varias palabras que empezaron a darle forma al cuerpo de Julieth. La luna se opacó y algunos corrieron. La luz desapareció en todo el planeta. El día parecía medianoche, con una luna escondida y un sol que no se atrevía a salir.

Después de diez minutos, la luz regresó, y con ella el cuerpo perfecto de Julieth. Antes parecía una niña de 3 años, aunque tenía 14, pero ahora parecía una reina, con ojos azules como el mar, un cabello de oro y una piel blanca como la nieve.

Sus padres estaban felices, saltaban de alegría, y la gente, que estaba a la expectativa, sonreía a carcajadas. Sin comprender lo que implicaba ese milagro, todos le agradecieron y se dirigieron hacia un barrio de París. Exhausto, Felchen quedó tendido en su habitación. Cuando fueron a darle su reconocimiento, lo encontraron sin vida.

La noticia se esparció y todo París se movilizó. Creían que no podía morir, que la gente buena debía vivir muchos años. El consejero no dio detalles sobre la causa de su muerte. Al día siguiente, en su sepelio, Julieth apareció con encanto y agradecimiento, pues sabía del riesgo que el mago había asumido al ayudarla. Ese día las luces brillaron como nunca y la ciudad se engalanó. La guerra terminó y las empresas comenzaron a producir materiales y toda clase de elementos para el desarrollo.

El consejero llamó aparte a Julieth y le dijo:

—Tu llegada completó la magia: si no hubieras venido, estaríamos en la ruina. Desde hoy seremos una nación poderosa y respetuosa de los derechos humanos. El altruismo y el sacrificio de Felchen brotaron del amor por esta ciudad, que será conocida en todo el mundo como «la Ciudad Luz», pues tú y él la iluminaron con su bondad. A partir de este día, será la más bella del mundo, la que todos querrán visitar.

La casa mágica

Leonfino creció viendo cómo sus padres se apoderaban de bienes ajenos sin esfuerzo, sin castigo, sin pagar impuestos, sin trabajar, sin invertir dinero. Nadie comprendía por qué Salomón y Pomona eran tan ricos, mientras en el pueblo había un contraste entre pocos ricos y muchos pobres. Claro que a Leonfino no le interesaba eso, pues sus padres tenían mucho dinero.

Este afortunado comía todo tipo de carnes traídas de otros planetas; él decía que las de su tierra, por la alta contaminación, le hacían daño. Por ello, la mamá pagaba grandes cantidades de dinero para traer unas carnes exóticas y especiales de Venus, las cuales alargaban la vida, prevenían enfermedades y aumentaban la inteligencia y la sabiduría.

Salomón comenzó a vender este producto y otros muy especiales. La gente venía de los lugares más insospechados y pobres del mundo para comprarlos. Había gente que vendía sus casas y recorría medio planeta para obtenerlos. Valía la pena, ya que luego gozaban de una salud perenne. Por supuesto, Leonfino, su padre y su madre no padecían de ningún problema de salud físico o mental.

Un año después vino una pandemia que duró casi cuarenta y ocho meses, pero ellos no sufrieron ni el más mínimo problema respiratorio. De repente el negocio se detuvo, pues no había viajes dentro ni fuera del país, y mucho menos fuera del planeta. Las naves estaban al alcance de todos para verlas desde lejos, ya que era imposible salir y subirse a una enfermedad.

Leonfino vio este dilema como una oportunidad para separarse de sus padres y comenzar su propio negocio. De hecho, se fue a pensar cómo vivir como un superrico. Hay que recordar que era muy inteligente, oportunista, arriesgado y ambicioso, características propias de una persona que persigue la riqueza y el dinero. Además, le habían enseñado a ahorrar, a no gastar sus riquezas en banalidades, de ahí su cultura del amor a las bondades monetarias.

Una noche tuvo un sueño y, al otro día, lleno de creatividad y ambición. Tal vez sea «una alcoba mágica» que llenó de atuendos y a la que puso un símbolo de inteligencia. Además, adornó la pieza con dólares de cien, lo que hacía el espacio atractivo para gente pobre que pretendía ser rica, pero también para los ricos que deseaban mantener o aumentar su fortuna.

Leonfino buscó tres niños que fueran disciplinados, obedientes, fuertes y de buena familia. Claro, debían proceder de Catar, donde los valores universales eran privilegiados. Esto le daría la posibilidad de contar con niños que no negociaran sus valores; por eso, mandó a su mejor amigo y sirviente, Mercurio, a conseguirlos y ofrecerles todo el dinero del mundo a sus padres para que se vinieran con ellos.

No era tarea fácil, dado que es una cultura muy arraigada, donde los valores están incluso por encima de las personas y de la misma cultura. En ese orden de ideas, Mercurio se las ingenió y organizó un concurso prometiendo que quien ganara se iría a América con su familia. El sirviente planeó todo para que tres familias previamente identificadas ganaran el premio. Así fue: aprovechó la precaria situación económica de esas familias y logró su objetivo y el deseo de su jefe.

Como eran tres familias de escasos recursos, decidieron venir a América y aventurarse a vivir una vida sin tanto afán económico. Todo fue luz y transparencia para ellos, un caos de felicidad con tintes de alegría y vestido de paz duradera. Su Dios les tenía una dádiva en un continente ajeno a sus costumbres. Llegaron a Estados Unidos, la tierra de ensueño, donde pocos duermen, pues el afán por el dinero es mayor que la paciencia ante la vida, y el sueño se va de vacaciones.

Leonfino siguió su camino al éxito y buscó una casa que se adaptara a sus necesidades. Ya con Yasser, Nasser y Babbub tenía las personas orientales que le darían ese toque de magia y credibilidad que urgía para darle a una pieza una forma esférica o cuadrada, pero, como él decía, a la gente le gusta que la sorprendan y que le vendan lo que quieren comprar; de esa manera, gastan lo que tienen, prestan, fían y hasta piden préstamos a mil años con tal de tener lo deseado. Al paraíso de dinero que había decorado le faltaba la magia: ya tenía los anzuelos, pero necesitaba las carnadas.

Yasser tenía como propósito estar a la entrada e invitar a las personas a pasar y observar su atuendo asiático en América. Él los convencía de entrar a un lugar donde saldrían con los bolsillos llenos de dinero y con el cuello rodeado de perlas, oro y esmeraldas. Lo que la gente no sabía es que eso era para un futuro lejano, tal vez cercano, pero no inmediato.

Nasser, por su parte, les invitaba a dar el segundo paso. Los tomaba de la mano y los guiaba con piel de seda a subir a una pieza dentro de la alcoba, pero debían primero tomar una escalera de diez peldaños y en ese trance recibían una brisa ligera, un sonido suave, una música oriental. Luego, se veían unas luces brillantes y, a medida que avanzaban, se encendían otras luces que mostraban dinero, esmeraldas y, al final, a unas personas felices.

Babbub tenía, quizás, el trabajo más duro: cobrarles. Para ello, debía hacerles entender que había valido la pena llegar hasta allí, que a partir de ese momento serían personas ricas. El lugar era tan mágico que todos se negaban a abandonarlo, aunque la inteligencia y la realidad les dijeran que todo era una burbuja de mentiras. El cerebro hacía su magia y llegaban a la conclusión de que estar allí era mejor, que la vida debía seguir y que la felicidad es un momento de emotividad, de alegría para el corazón humano.

Leonfino estaba feliz con la ayuda de sus tres magos. Mediante esos juegos mentales, se enriquecía, y la gente salía feliz porque esperaba que, luego de catorce meses, empezaría a gozar de todo lo que le habían prometido. Todo era grande: magia, música, adulación, decoración, sonidos impactantes. La gente miraba las estrellas y creía tener la luna a sus pies y al cielo de vecino.

El mundo continuaba. La apatía no existía; la verdad era mentira, pero una mentira que daba alegría y ganas de soñar con ser millonario. Cuando Babbub tocaba la flauta más de cinco minutos, salían flores brillantes. Yasser, por supuesto, se subía a una hamaca que danzaba y hacía que el cielo tomara forma de caracol; él entraba en ese mundo donde veía el futuro y salía a decirle a cada persona la razón de ser de su vida.

Leonfino había construido un palacio de felicidad. Salomón, su padre, llegó a trabajar en ese lugar y vendía su planta especial, que solo se encontraba en una parte del mundo donde no existía mundo, donde las estrellas tenían vida y existían muchos mundos entre los mundos.

Leonfino y Salomón se volvieron hombres ricos; por otro lado, había un sinfín de personas que sucumbían ante el hambre porque habían gastado lo poco o mucho que poseían en los magos y en Leonfino, convencidos de que la vida era lo que valían los sueños, de que sin vida no hay sueño y de que, sin sueños, ¿para qué vivir? Con estas palabras, metieron a muchos en una casita mágica que hacía de lo real algo irreal, y de lo absurdo, una inteligencia material.

Leonfino y sus cuatro amigos ya no sabían qué hacer con tanto dinero; incluso, compraron casas en otros países y construyeron complejos turísticos en una isla, en Singapur, donde solo iban personas muy ricas que, cada día, demostraban cómo hacer que el dinero se volviera oro de la nada; al parecer, cada vez que uno de ellos entraba en la alcoba mágica, esta le daba ideas para hacer dinero en abundancia.

En una ocasión, Leonfino reflexionaba sobre lo que una vez aquella alcoba mágica le había dicho:

—La alcoba, al expulsar palabras de las paredes, me sugería: «No dejes pasar tu tiempo sin producir ideas. Permite que tu mente sea más rápida que la simpleza de corazón. No dejes que tu corazón nuble tu razón. Permite que otros crezcan en la medida en que tú progresas; de esa manera, no tendrás que arrastrarlos y no te desearán el mal, pues están buscando la estrella a la vez que tú buscas tu luna. Valora todo a tu alrededor: cada problema, cada dificultad es una oportunidad para cumplir un objetivo. La educación es la mejor herramienta, pero, mientras la obtienes, busca sabiduría y no intentes engañar a nadie». Estas palabras las he aplicado a cabalidad, y por ello siempre estoy con ustedes: sin equipo, no hay riqueza colectiva.

Leonfino no se sorprendió de que la pared le hablara; bueno, admitía que no era la pared, sino su gran inteligencia; su ego ya estaba en lo alto. ¡Lo que hace el dinero! Tanto él como los venidos de Asia se sorprendieron de esas palabras. Claro, vieron dos seres: uno que engañaba y otro que hablaba de lo correcto. Cuando terminó de hablar, uno de ellos añadió:

—Pero tú has hecho trampa y has engañado a todo un pueblo.

—La alcoba mágica nunca dijo algo al respecto... —dijo Leonfino.

—Los valores y el crecimiento van de la mano con el progreso —opinó Babbub—: las personas que hacen trampa no progresan; y, si lo hacen, es muy corto su recorrido.

—Bien has dicho —dijo Nasser—. Nuestro pueblo es símbolo de honradez: nadie roba y nadie intenta tomar ventaja de alguna acción; de hacerlo, se expone al escarnio público y tiene poca oportunidad de vivir un año más, ya que se le inicia un proceso legal y, de ser hallado culpable, es ahorcado en frente de sus familiares.

Leonfino, Mercurio y Salomón, al oír esto, se quedaron con la boca abierta, y la gente, en estado de parálisis. Así que, a los pocos días, confesaron todo el entramado que había en la alcoba y revelaron que ellos habían creado las voces que les hablaban a los visitantes a través de las paredes; por lo tanto, todo era un montaje. La gente, debido a su ignorancia, había perdido todo por el solo hecho de creer en la magia y en el dinero fácil.

Luego, Mercurio reconoció que él había hablado verdad haciéndose pasar por la pared mágica, lo cual produjo estruendo en Leonfino y lo llevó a tener una discusión con su padre, que no estuvo de acuerdo; sin embargo...

Leonfino decidió devolver paz con alimento a las personas pobres que se encontraban en la calle. Nasser se fue a devolver alimento a los ancianatos. Para su sorpresa, allí encontró a sus abuelos, quienes hacía varios años habían salido de su tierra y nunca más se había sabido de ellos. Les dijo a sus padres, quienes acudieron y contaron que habían tenido que salir por amenazas, pues tenían un secreto que los haría ricos. Se lo revelaron.

Yasser, Nasser y Babbub volvieron a su tierra siendo más ricos, pues hallaron el secreto revelado por sus padres. Unos años después, ya no querían vivir en esa cultura; prefirieron quedarse en América para aportarle a esta nación su riqueza invaluable, sus valores universales, y repartir amor convertido en ropa y alimento a los desamparados.

Leonfino y Salomón revelaron el cúmulo de mentiras al pueblo y pidieron perdón. El pueblo los rechazó, pero ellos devolvieron cada centavo gastado y robado.

Así terminó la historia de la alcoba mágica, pues la magia no está en las cosas: la magia está en querer que los demás progresen, así como progresamos todos.

Los quedos en el Perú

Los quedos, personajes que viven en tierras peruanas, son vistos como seres sin corazón, sin alma, vagabundos, pendencieros, mediocres, pobres, aburridos y a quienes el sol nunca ilumina, a pesar de que muestra su luz admirable todos los días en sus territorios salvajes. Ellos se sienten afortunados de solo respirar, ya que eso es suficiente para saber que existen.

Chambakú, un quedo poderoso dentro de la mediocridad, vivía en una montaña, en tierras muy productivas, pero no le interesaba sembrar. Las ovejas que el Gobierno le había regalado para su subsistencia solo servían para alimentar a los animales salvajes, los felinos y caninos de la selva.

Una vez, un león le dijo que ya quedaban pocas ovejas, por lo que, si no hacía algo al respecto, el próximo manjar sería él, pues no moriría de hambre teniendo comida tan cerca y sin ningún riesgo. Chambakú no le dio importancia, pues sabía que uno puede morir cualquier día; morir hoy o mañana le daba lo mismo. Poco le interesaba ser cena de Navidad o manjar de Semana Santa.

A los pocos días, el león volvió muy enojado: ya no quedaban ovejas para su alimentación. Además, los otros animales se habían vuelto difíciles de cazar y él no tenía la misma fuerza de hace siete años; incluso había perdido un hijo por falta de carne. Chambakú le dijo que, si quería, se lo comiera en ese instante, pero el león, por respeto y solidaridad selvática, respondió que no. Además, el hombre estaba muy flaco, casi sin músculos, y el león necesitaba carne de verdad.

Un tiempo después, vinieron a visitarlo otros quedos, quienes, a pesar de ser hombres sin voluntad, habían conformado una hermandad que superaba toda comprensión humana: podrían morir todos, pero nadie atacaría a uno de ellos en presencia de los demás. Cuando el león llegó por tercera vez para reclamar su falta de alimento y vio a aquella gente, recordó a pueblos ancestrales del Perú que habían conquistado más territorios que Cristóbal Colón. A pesar de que sabía que aquellos incas eran inteligentes, fuertes, vigorosos y daban la vida por el ser más insignificante, amenazó de nuevo a Chambakú frente a todos ellos.

Chambakú les comentó la situación, y un quedo pequeño, que había visto al león escondido entre los matorrales, le dijo:

—Déjalo venir y que nos coma a todos, así moriremos juntos y nos veremos en el cielo.

El león, que era muy suspicaz, escuchó la conversación, y otro leoncito vio que, al decir esas palabras, el pequeño quedo le había picado un ojo a uno de sus compañeros. A partir de ese momento, ambos bandos idearon su plan. Los quedos tenían la intención de quedarse con los leones y volverlos sus mascotas, aprovechando su talento.

El lunes a las ocho de la noche, mientras los doce quedos dormían, llegaron dieciocho leones hambrientos, dispuestos a comérselos. Su falta de comida los llevaba a actuar sin pensar. Uno de ellos dijo:

—Al menos, le hacemos un bien a los quedos del país, a la memoria de los incas y a la humanidad.

Entraron y atacaron por todos los flancos la casa de madera ordinaria, débil y podrida, construida para vivir de manera mediocre, simple y sin causar temor a la vida. Los quedos serían su única comida en semanas.

Antes del ataque final, uno de los leones llamó al macho alfa de la manada y le advirtió que tuvieran cuidado, que los quedos no eran tan quedados y podrían sorprenderlos. El macho alfa se burló y le dijo:

—Si no quieres comer, devuélvete a buscar las ovejas, que ya no existen.

Ante esta respuesta, el león se fue triste y con hambre. Para su suerte, encontró una serpiente que había comido una rana, su manjar favorito. El felino la vio de lejos, saltó sobre ella, le pisó la cabeza, le quitó la parte venenosa y se la comió. Luego, miró al cielo y dijo:

—Jamás pensé comer culebras, pero el hambre es el hambre —y se fue con la barriga llena, pero con el corazón triste por la insolencia y la soberbia de su jefe.

Los leones atacaron con fuerza, pero, al entrar a la casa, los quedos los atraparon, los enjaularon y los convirtieron en sus mascotas. Más tarde, los llevaron a la ciudad y montaron un circo llamado Los Leones de los Quedos, cuyo éxito fue tan grande que recorrieron toda la nación y ganaron mucho dinero. Desde ese entonces, engordaron y fueron felices y prósperos. La gente los respetaba y todos querían trabajar con ellos.

En cuanto al león que no había participado del ataque, formó su propia manada, y juntos decidieron volverse vegetarianos, pues, luego de tan mala experiencia, no volverían a desafiar al hombre por más tonto que pareciera.

La abuela de los quedos decía:

—Ahora que tenemos dinero, hasta hermosos somos, cuando antes nos tildaban de mediocres. Ser pobre no es malo, ser pobre y mediocre es perverso, pero saber que te quieren por lo que tienes es abominable.

—Tienes razón —le respondió el nieto—, pero aprovechemos eso para aumentar nuestro poder.

Hoy por hoy, ni siquiera los llaman «los quedos», pues ya no son quedados: ahora son millonarios.

Una bruja en la Groenlandia

Groenlandia, tierra de magia, donde el cielo se mezcla con la sal del mar, y las estrellas bajan a visitar la isla. En este paisaje de ensueño, existen dos personajes que enamoran por su exuberante belleza, pero alejan por su gran maldad. Uno de ellos es Chaamaa, una sirena que atrae a las víctimas con sus senos; el otro, Püloui, que complace a sus seguidores con un dulce de maldad y un manjar de veneno.

Kawala era una mujer dócil, de fácil trato y difícil de conquistar. A sus 19 años no tenía novio y no le interesaban los hombres. Todos los que intentaron enamorarla cayeron en depresión, y aquellos que osaron seducirla se convirtieron en árboles que embellecen las tierras donde Püloui es la reina y la mujer más odiada por la sociedad.

Con el paso del tiempo, a medida que su belleza se desvanecía, Kawala perdió sus superpoderes: ya no enfermaba a quienes intentaban seducirla. A los 40 años, imploraba al más allá con una voz ronca que despertaba a los árboles humanizados que había creado.

Al verse sin poder, decidió buscar a la bruja más poderosa de la región, quien le dijo que no podía ayudarla, ya que su poder se había agotado porque lo había usado para dañar a la humanidad. Aún más, le ofreció una alternativa: debía tomar sangre de avestruz por una semana y buscar a Chaamaa y Püloui, quienes le darían igual o mayor poder del que tenía. Kawala aceptó sin escuchar el resto de la conversación. La bruja le cobró con sangre de tortuga, piel de cocodrilo y monedas de oro.

Kawala, cuya lividez y sensatez solo se comparaban con las de Celestina, y cuya falta de aprecio y amor por lo desconocido con Melibea, convencía a reyes y esclavos, hombres y niños, sordos y elocuentes mediante el buen uso del lenguaje: ahí residía su poder.

Luego de invocar a Püloui y Chaamaa, personajes mitológicos ligados a la cosmogonía y las creencias, se quedó dormida. Al día siguiente, al salir a las calles, vio que muchos hombres la seguían. Se sentía nadando en las nubes de la felicidad. Pululaba la belleza y la sonrisa se dibujaba como un mar azul y un fondo verde claro, en plenitud y total quietud. Como odiaba a los hombres, ahora tenía una nueva oportunidad para acabar con todos ellos.

Era tan bella que incluso las mujeres adultas, viejas y recatadas se enamoraban de ella. Al parecer, esas dos figuras mitológicas le habían dado el poder de la belleza y la conquista. Una romería de hombres de todas las edades la seguía; eran casi trescientos, y muchos más sufrieron al no poder seguirla de cerca.

La nueva diosa quiso ver si sus seguidores se habían convertido en árboles o estaban enfermos, pero se desilusionó al descubrir que ni lo uno ni lo otro. Lloró y los echó de su casa, pero nadie se movió. Entonces, se dio cuenta de que había completado solo la primera parte de la magia, pero faltaba algo. Furiosa, fue a ver a la bruja y le preguntó por la supuesta magia poderosa.

—Tú no escuchaste la segunda parte de la prueba —dijo la bruja—. Püloui y Chaamaa fueron quemadas hace más de doscientos años debido a su maldad, por eso no te funcionó. Para completar la magia, era necesario que tomaras la sangre y luego te sacaras un diente y lo quemaras. De ese modo, hubieras tenido tu parte malévola. Ahora ya no puedes hacer nada. Cuando vuelvas, todos estarán dormidos, como los dejaste, pero los hombres que convertiste en árboles estarán vivos y sanos.

El grito de Kawala fue oído por los antiguos enfermos y árboles, quienes la buscaron, la tomaron de la mano, le echaron encima ramas y hojas secas y le prendieron fuego.

Mientras observaba el espectáculo, la bruja dijo riendo:

—Esas son las malévolas Püloui y Chaamaa, que destruyen a quienes les rindieron pleitesía.

Así terminó el pueblo de Groenlandia con la última bruja, pero con la mitología más engrandecida. Ahora ya no tendrían mil dos brujas en sus libros de historia, sino mil tres, a la espera de que vinieran muchas más para poner a temblar a la madre tierra y al padre mar.

El mago malo de Astaná

Kazajistán, un país con una rica historia y un paisaje excepcional, alberga la ciudad de Astaná, que guarda muchos secretos. Uno de ellos es la historia de un sultán, ahora de 53 años, que envenenaba a los niños que consideraba una amenaza para la sociedad mediante una bebida que los convertía en pequeños juguetes de madera, incapaces de hablar o reír.

El sultán, que pedía limosna en las calles, utilizaba su apariencia para ganar la confianza de los pequeños. Sin embargo, en lugar de enseñarles, los insultaba y los conducía a un letargo de dos horas con su risa malévola. Esta magia los mantenía atrapados hasta que él lloraba, lo cual rara vez ocurría.

Nadie sospechaba de sus actos, pues engañaba a la gente con frases como: «Los niños deben ser libres, y conmigo se convertirán en grandes hombres, no en malhechores». La confianza de la gente de Astaná le permitía acercarse a los pequeños, pues ignoraban sus verdaderas intenciones. Su éxito consistía en su conocimiento de los niños y en mantener su propia historia oculta. Creía que convertirlos en muñecos lo mantendría joven eternamente y evitaría la aparición de futuros psicópatas. Aunque pensaba que la felicidad le llegaría en la vejez, después de los 80 años, disfrutaba de una pseudofelicidad que lo mantenía activo en cuerpo y mente.

Para conocer a sus futuras víctimas, el sultán se presentaba como una persona bondadosa y pobre que vivía de las sobras. Planeaba vivir hasta los 150 años, desafiando la creencia de que la juventud es la mejor etapa de la vida.

Ya había convertido a siete niños en muñecos, que morían después de treinta y seis días. Solo necesitaba cinco más para cumplir su objetivo de longevidad y riqueza. Tiempo después, encontró dos niños abandonados por problemas mentales y los sumó a su colección, por lo que solo le faltaban tres. Su décima víctima fue un niño que había salido a comprar un ungüento para sus abuelos. Sus padres asumieron que había sido robado por extremistas para encaminarlo en sus filas, así que dejaron el caso en manos de la Divina Providencia, aunque sufrían en silencio.

Doña Elif una vez comentó que desconfiaba mucho del sultán, pues nadie que necesite ayuda pide con tanta misericordia y, cuando le dan dinero o comida, lo recoge con tanto desdén. Para ella, era un hombre malo. Sus amigos le decían que podía tener razón, pero que nada lo relacionaba con la desaparición de los niños y que, tal vez, habían sido secuestrados por grupos extremistas de los países vecinos para favorecer la causa de Alá. Elif no quedaba conforme con esos argumentos y hasta llegaba a pensar que sus amigos eran cómplices.

El hombre maligno seguía su camino sin desviarse de su meta diabólica. Tocó la puerta de una casa, y un niño inocente lo atendió. Cuando se dio cuenta de que no había ningún adulto, entró y lo convirtió en un muñeco. No cabía de la felicidad, pero su risa macabra llegó a oídos de Elif, quien vio que iba con el niño. Entonces, la mujer se fue de paseo con otro niño para observar su reacción, pero el sultán apenas le prestó atención para no generar sospechas. Su límite estaba casi al tope: necesitaba un niño más y treinta días para ser rico, longevo y con gran vitalidad, pues, de casa en casa, ya sabía cómo dejarlos pobres cuando pasaran los años.

Elif no se rindió y envió a un niño tarde en la noche. El sultán pensó: «Esta es mi oportunidad. Solo me falta uno. A partir de mañana, todos estarán muertos». Entonces, puso la magia en un frasco sobre la mesa y fue por su última víctima. Cuando el niño, de solo 8 años, caminó cien metros, lo tomó y lo obligó a ir con él. El pequeño enmudeció al ver muñecos de niños vivos y lloró. Como Elif le había puesto un chip para rastrear al sultán, escuchó todo.

—Vamos ya —dijo una de las personas que la acompañaban.

—No, esperemos —respondió ella.

Mientras tanto, el sultán le dijo al niño:

—Ya eres el último. Ahora, los que aún viven morirán, pero también volverán a su vida natural. Incluso los que nacieron antes de tiempo serán niños sanos, y yo seré longevo, rico y tendré vitalidad por más de ciento cincuenta años.

Con esta información, Elif y los suyos se apresuraron. Al llegar, derribaron la puerta, tomaron el antídoto y se lo aplicaron a los niños, quienes volvieron a su tamaño normal. Algunos policías y miembros de la comunidad cayeron de sorpresa. Los padres encontraron a sus hijos sanos y hermosos y agradecieron arrodillados al Padre Eterno.

Los padres que habían abortado confesaron su crimen y pagaron varios años de cárcel. El sultán, el hombre del mal, fue llevado a la plaza pública para que confesara sus delitos. Aunque pidió perdón, fue ahorcado delante de todos los habitantes de Astaná.

Un asesino en Australia

Australia puede considerarse un continente o un país, y para muchos es ambas cosas a la vez; para Caron Kill, sin embargo, es un lugar donde se puede vagar por las calles y cometer actos violentos sin ser detectado. La seguridad es tan alta que, al investigar a los sospechosos, todos parecen ángeles recién llegados del cielo, lo que hace difícil detectar a los asesinos.

Caron Kill era un hombre desalmado y sin nada de escrúpulos. Sus padres le enseñaron a gastar, y él aprendió a destruir. Durante su niñez, se destacó por la barbaridad de sus actos, por lo que terminó pasando por varios claustros de formación para niños problemáticos. La gente decía que era mejor sacarlo del país o hacerle un tratamiento que conectara su cerebro con su corazón, pero esto fue un error: esa conexión produjo un resentimiento inesperado que creó un Frankenstein moderno australiano.

Con el tiempo, tuvo tres amigos que lo conocían bien: Simón, Louis y Sharon. Simón decía que Caron anestesiaba sus malos sentimientos; Louis lo consideraba un servidor del demonio, cuyas víctimas eran personas que hacían algo positivo; Sharon, la única mujer del grupo, afirmaba que Kill no tenía piedad ni con su propia madre y que, si algún día tuviera la mínima oportunidad de acabar con ella, lo haría sin dudarlo, sin importar que fuera la progenitora que le servía siempre sus caprichos y cuidaba de él siempre.

Sus tres amigos, por lo tanto, tenían una idea clara respecto de Caron: era un hijo del mal y siempre se inclinaría hacia las bondades infernales. Esta opinión contrastaba con la de quienes creían que cambiaría con el tiempo. «Ilusos», pensaba Kill, quien casi nunca hablaba y prefería que le hicieran bromas pesadas, ya que esto le llenaba la cabeza de odio hacia la criatura humana, a la que consideraba malvada, aunque, de manera hipócrita, inclinada a lo bueno.

Aunque sus amigos también mostraban algunas actitudes beligerantes, decidieron distanciarse de él, pues sabían que esos comportamientos les causarían mucho daño. Todo sucedió muy rápido y Kill sintió que lo habían traicionado y que esa perfidia debía pagarse con sufrimiento. Astuto y callado, no les reveló su disgusto, sino que decidió atacar a quiénes amaban, pues eso sería peor que herirlos con una daga.

Días después, fue a ver a la madre de Simón y le pidió que lo siguiera asegurándole que le mostraría un secreto que cambiaría su vida y la idea que tenía de su hijo. Tomaron dirección hacia el norte. Cuando llegaron al lugar, la dejó inconsciente mediante un golpe certero en la cabeza. Luego, la amarró y la arrojó a un pozo de seis metros de profundidad.

Caron salió del lugar con una sonrisa, como si nada hubiera pasado. Nadie lo había visto con ella, por lo que estaba libre de sospechas. Además, la gente del barrio supuso que él no vivía cerca. Lo que no sabían era que se ocultaba en la espesa selva, donde había aprendido a sobrevivir en terrenos difíciles, bajo condiciones extremas y alimentándose de manera especial. Literalmente, se había vuelto un animal. Sin embargo, en la selva guardaba una fortuna que había heredado de sus padres, quienes la habían obtenido haciendo maldades.

Una semana después, al no encontrar a la madre de Simón, algunos empezaron a sospechar de Caron, pero no había pruebas que lo incriminaran. Alguien mencionó haber visto rastros de sangre una semana antes, lo que orientó la búsqueda. Por último, hallaron el cuerpo, en estado lamentable. Simón se volvió loco. Su vida cambió para siempre. Su madre significaba mucho para él, pues, pese a sus quebrantos de salud, había logrado criarlo como un adolescente digno y bien educado.

Carón tenía un amigo llamado Saulo, que le obedecía en todo, un poco por miedo y otro poco por su escasa inteligencia. Era corto de estatura y de desarrollo cerebral, lo que lo hacía parecer inofensivo y lo convertía en el cómplice perfecto. Pues bien, este ser desvalido le informó que Simón había perdido la cordura tras la muerte de su madre y que ahora estaba internado en un lugar para personas con problemas mentales. Caron, sonriendo de forma maliciosa, dijo: «La próxima víctima será Sharon. Tomaré a su hermana gemela y la dejaré sin habla».

Un domingo por la mañana, mientras Sharon iba a misa, Saulo se le acercó y le dio un dulce de regalo diciéndole que un hombre apuesto se lo había enviado. Ella, que estaba sola en ese momento, aceptó el obsequio. Saulo le dijo que debía consumirlo en la noche y que, una hora después, el la llevaría junto al caballero. Sharon aceptó y no mencionó nada a sus padres. Esa noche, probó el dulce, que era su favorito, y pronto perdió la capacidad de hablar. Dos semanas después, fue internada junto con Simón. La estrategia de Caron había funcionado: no acabó con la vida de la gemela, pero sí con la mente de su antigua amiga. Un mes después, fue llevada a un sanatorio. Nadie supo la verdad.

Caron Kill era el jefe de la oscuridad, un genio del mal que engendraba demonios y maleficios. Pero nada era gratis. Sus padres habían sido hechiceros y le habían enseñado cómo generar odio. Pronto se dio cuenta de que los genes se manifiestan a través de la experiencia, así que comenzó a tener conflictos entre el amor a sus amigos y el odio al prójimo, pues debía seguir las enseñanzas de sus padres. A pesar de la trágica y dolorosa enfermedad de su madre, él pensaba en cultivar dolor en otros.

Aún le faltaba atacar a Louis. Un día, muy temprano, fue a su casa y le ofreció un alimento que le encantaba. Louis lo comió sin saber que estaba contaminado con un veneno que la madre de Caron utilizaba para que la gente perdiera la memoria. Tres días después, Louis, Sharon y Simón estaban en una clínica para jóvenes con problemas mentales.

Sharon tomó la iniciativa para averiguar qué les estaba pasando. Louis mencionó que Caron le había dado algo delicioso. En ese momento, Simón recordó que Caron podría estar involucrado, pero, como era todo un caballero, no había sospechado de su amigo. Sin embargo, Sharon dijo: «Él tiene que ver con todo lo que nos ha sucedido».

Una vez, Saulo le pidió comida y Caron le dio una alimentación amarga y salada. Luego de probarla, Saulo la rechazó y lloró. Entonces, su protector le dijo riendo: «Eso es para que no pidas tanto. Hace tres días comiste y ya tienes hambre». En su tristeza, Saulo abrazó fuertemente a su amigo. Caron, en cambio, estaba feliz, pues ya se había vengado de todos sus amigos, lo cual enorgullecía su espíritu y lo hacía sentir un ser supremo en inteligencia y maldad.

Una semana después, se corrió la noticia de que había muerto. No se sabían las razones, pero se sospechaba que había sido asesinado. La policía encontró a Saulo junto al cadáver, pero consideró que el pequeño hombre era incapaz de haber cometido el crimen.

Sharon, Simón y Louis se dieron cuenta de que Caron era el culpable de todo lo que había sucedido, pero no podían imaginar quién lo había matado. Mientras tanto, en la selva, Saulo disfrutaba de los bienes de Caron y pensaba: «Él, muerto, y yo, reído. Lo dominé y lo guie al precipicio. Ja, ja, ja».

Ella era de otro planeta

Angélica, mujer espiritual y sonriente, se enteró de que en el norte de México se necesitaban personas para trabajar sin remuneración, pues allí llegaban familias desamparadas que huían del horror del narcotráfico en sus países de origen. Vio esta oportunidad como el propósito de vida que había anhelado por años, así que, sin dudarlo, en su afán altruista, dejó a su familia para dedicarse a ayudar. Sostenía que, sin un propósito, el alma se vuelve estéril, el espíritu no agrada y la piel se arruga ante la inocencia de una vida miserable.

Comenzó a encariñarse con los niños desplazados, muchos de los cuales estaban acompañados por sus padres, quienes debían trabajar para colaborar con la entidad, ya que no había suficientes recursos para mantener a tantas familias. Urgían personas que apoyaran, pero no era fácil. Además, estaban en su primera etapa de sostenimiento, por lo que solo sobrevivían con lo que proveía el estado y lo que la corrupción dejaba llegar.

Angélica pasaba mucho tiempo con los niños enseñándoles escritura, ciencias sociales e inglés, pues, por la cercanía con Norteamérica, consideraba importante que aprendieran algo de su futura segunda lengua. Aunque algunos niños ni siquiera hablaban español, ella se las ingeniaba para que aprendieran las dos lenguas.

Un día, un niño llamado Juancito le dijo que quería que ella fuera su madre, pero Angélica le contestó que eso era casi imposible, pues él ya tenía padres y estos no se abandonan por otra persona, por más hermosa y tierna que parezca. El niño lloró y le dijo que ella no era hermosa ni tierna, y menos una aparecida. Angélica no podía entender que un niño de solo 11 años tuviera tal habilidad comunicativa, sobre todo, considerando que su familia no había recibido una buena educación.

El narcotráfico había llegado tan lejos que se valoraba más sembrar coca que la vida de una persona, y los niños eran utilizados para sembrar, vender, cometer delitos y asesinar. Si los padres se negaban, les quitaban lo que tenían y, si insistían, mataban a un miembro de la familia o les cortaban las extremidades. Para escapar de ese horror, las familias debían fingir una calamidad doméstica grave y verosímil; de lo contrario, podían morir por intentar escapar sin permiso de los delincuentes.

La gente iba a México convencida de que era un buen lugar para vivir, pero no sabían que el sur del país estaba pasando por una situación inusual de desplazamiento, especialmente en Chiapas, Guerrero y Michoacán. Por lo tanto, muchos tomaban rumbo al norte, donde veían más oportunidades.

La familia de Juancito llegó al norte del país y allí estaba Angélica, su ángel, quien les recordó la importancia de que los niños estén rodeados de buenas personas, ya que esto influye de manera positiva para alejarlo de los males del narcotráfico.

Juancito veía en ella una figura agradable y comparaba su comportamiento con el de su madre. Angélica, de 24 años, alta y de piel canela, emanaba una ternura natural. Aunque no era una beldad, trataba a las personas con dignidad, amaba a Dios y vendía su generosidad a precios muy baratos, lo cual la convertía en el hada madrina que todo niño quiere tener.

Angélica hacía todo por amor a la sociedad y había dejado su lujosa casa para dedicarse a ayudar a los demás. Decía que había que cuidar el alma de los niños, pues de eso dependía que, al llegar a adultos, fueran personas altruistas y filantrópicas o, por el contrario, se convirtieran en delincuentes que le hicieran mucho daño a la sociedad. Ella esperaba que ocurriera lo primero, aunque reconocía que era una labor ardua, ya que los niños habían experimentado mucha maldad en sus pocos años de vida.

Un día, mientras ella tomaba un baño, Juancito la vio y no dejó de observarla hasta que escuchó la campana del desayuno. En su mente estaba Angélica, aunque era catorce años mayor que él.

Con el tiempo, Angélica siguió dedicándose a los niños y, a sus 30 años, era vista como una heroína. Aunque nunca se enamoró de nadie, su vida estaba llena de alegrías, ya que muchos de los niños regresaban para apoyar la causa, y otros contribuían desde lejos al proyecto.

Angélica se había olvidado de Juancito, pues había muchos otros niños que necesitaban su atención. Un día, escuchó que había llegado un joven empresario que había estado en el centro y venía a ayudar. La llevaron con los ojos cerrados, y al abrirlos vio a un hombre joven y atractivo que le mostró una camioneta con un letrero que decía: «Angélica, cásate con Juancito, y él te dará lo que necesitas».

Ella, sorprendida, lloró y sin dudar le dijo que sí. No imaginaba que alguien pudiera amarla tanto. Una vez casados y dedicados a su labor como filántropos, él le confesó que había conocido a muchas mujeres más hermosas, pero a ninguna con un corazón como el suyo, y por eso había dejado a todas para buscar a una mujer de otro planeta.

Navidad en junio

La vida transcurría plácida y sin contratiempos cuando el carro modelo 75 se detuvo en la esquina de doña Juana. Ella bajó afanosa, con la esperanza de que fuera uno de sus hijos, quienes no se habían acordado de visitarla desde su partida, en el 78. «Debe ser mi hijo amado que volvió, o tal vez Carlitos, que decía que cuando fuera grande me pondría a vivir como una reina», pensó.

Se imaginó un corazón lleno de alegría al descender la gente de ese vehículo. Doña Juana volvía sus pensamientos reales, no sabía que esto era fácil por dentro, pero irreal por fuera. Doña Juana creyó que era señal de buena suerte aquel modelo del carro que dibujaba ese año por parte casi que invisible, pero doña Juana a su larga edad vio el modelo con ojos de niño de 8 años por todas partes, para aquella madre era más fácil ver ese año que notar la luna llena en plena noche despejada; que justo un carro modelo 78 llegara al instante que su hijo había partido.

El carro, que ya solo tenía de original el tren delantero y las placas, pues las demás piezas eran nuevas, emitía un sonido desordenado debido a su antigüedad. Su dueño no sabía que, después de diez años, los carros se reconstruyen con piezas nuevas. La coincidencia de años desató una tormenta de pensamientos en doña Juana, pero se equivocó una vez más.

Era para el 15 de mayo, y ella, con su conciencia tranquila, sus canas largas y su claridad de pensamientos, se había equivocado. Su experiencia no le había servido para comprender que alguien que se va por más de cuarenta años y no llama, no escribe ni manda razones, quizás, ya no exista o simplemente ya no esté interesado en ese ser humano llamado «mamá». Doña Juana había cometido el grave error de pensar que la vida era un carro trayendo de vuelta a sus seres queridos, aunque todo estaba en sus pensamientos, que no son más que golosinas para los paladares de los niños, pero que en algunas ocasiones terminan siendo ácidos o amargos, como los suyos al final del viaje.

El tiempo pasó, y su corazón seguía palpitando a mil. El 1 de junio, se detuvo otra vez un vehículo, esta vez una volqueta que traía a personas desplazadas. Doña Juana volvió a ilusionarse pensando que entre esas personas estarían algunos de sus diez hijos. A sus 70 años, solo deseaba verlos y disfrutarlos por un largo tiempo. Pero volvió a equivocarse: la placa J1978 no tenía relación con su imaginación y su ilusión.

Ese día, se sentó a llorar y a reclamarle a su creador por el dolor de su corazón, pues sus hijos, que un día salieron con ella de paseo, fueron arrebatados por fuerzas oscuras cuando el mayor tenía 15 años y el menor, 10. Era una aberración para una madre que había visto cambiar su cabello de negro a rubio, de rubio a negro y, de manera muy natural, de negro a gris; cuya hermosa silueta ahora era un balón de baloncesto mal inflado; y cuya lisa piel ahora estaba ajada y con muchas manchas. A pesar de todo, su salud no se debilitó con el tiempo, y su memoria mantuvo intactos los nombres y los rostros de sus hijos.

El 15 de junio, una señora llamada Chela comenzó a decir que Jesús no había nacido en diciembre y que, por lo tanto, era erróneo festejar la Navidad en ese mes. Al principio, nadie le dio crédito, pues la gente la consideraba loca. Sin embargo, a doña Juana le interesó la idea y empezó a decir que había que celebrar la Navidad en junio. Quizás su corazón le estaba jugando otra mala pasada.

Al día siguiente, se levantó muy temprano, subió al segundo piso, sacó un árbol de Navidad entre sus reliquias, lo decoró con luces y puso un letrero grande que decía: «Feliz Navidad, hijo». Vaya sorpresa que se llevó la gente, nadie podía creerlo. Doña Juana, que apenas podía comer con lo poco que ganaba y que vivía con las luces apagadas porque no podía pagar el recibo, había decidido que haría de ese día y de ese mes los mejores de su vida, a pesar de todo.

Su ocurrencia contagió a muchos en el pueblo. «Si ella —decían—, que es la más pobre y miserable del pueblo, está decorando, yo también lo haré». La vecina Petra comentó: «Yo no me dejo de la arrogante de Annita, le voy a demostrar que mi casa sí es bonita». Julián le dijo a su mujer: «No podemos dejarnos llevar por la envidia de doña Rosa, que ya decoró su casa como si fuera diciembre», y ella le respondió: «¿Cómo así que esa engreída decoró? Pues nosotros también lo haremos, así que me traes todo lo que debes comprar para estar mejor que todos en este pueblo».

Y, como por arte de magia, todos se convencieron de festejar la Navidad en junio. Desde las principales ciudades empezaron a llegar camiones llenos de prendas navideñas a precios muy baratos, ya que nadie solía comprarlas en esa época.

El 17 de junio, todo parecía como en diciembre, y aunque la idea no había surgido de la más cuerda ni de la más rica, todo era felicidad. El 18 de junio fue un día memorable. La lluvia no se asomó y el sol dejó sorprenderse por las nubes, que lo escoltaron todo el día. Doña Juana jugaba y cantaba canciones de diciembre como si su niño llegara a devolverle los años. Pasado el mediodía, todo se volvió un caos. La gente comenzó a decir que jamás habían pensado que el fin del mundo sería tan feliz.

Fue entonces cuando llegó un bus con mucha gente, y doña Juana dijo: «Yo sabía que mi hijo llegaría». La gente del pueblo, con el parque de frente y la iglesia dándole ánimos, recibía a sus familiares. Del bus, de placas J1978, descendieron 47 personas. El pasajero número 48 era un hombre que hacía mucho no veían. Vestía un traje negro, corbata rosada y sombrero elegante. Al verlo, doña Juana exclamó: «¡Ese es mi hijo!», pero el hombre corrió a abrazar a otra señora que venía lentamente, esperando que su corazón volviera a vivir. Desilusionada, doña Juana se sentó a llorar tanto que pensó que la lluvia salada invadía su cara.

Sin embargo, tenía tanta fe que pensó que aún faltaría la llegada de otro bus con más familiares, lo cual era imposible, porque el puente ya estaba cerrado y solo lo abrirían en tres días. En ese momento, el chofer del bus bajó del vehículo, camino hacia ella y le dijo:

—Señora, ya no hay paso para ningún vehículo, así que no se ilusione; pero, míreme: yo soy Juanito, su hijo. Cuando me di cuenta de que este pueblo existía, me arriesgué a volver a mis dos amores: mi tierra y mi madre.

—¡Tú nunca te equivocas! —dijo doña Juana mirando al cielo.

Luego, abrazó a su hijo durante casi quince minutos y, al ver la placa J1978, entendió el mensaje. Juanito no se apartó de ella y encontró a sus otros nueve hermanos. Doña Juana volvió a tener el cabello negro y la mente se le llenó de pensamientos.

Desde entonces, el pueblo celebra la Navidad en junio, y esa particularidad le permite vivir del turismo. Desde el 1 de junio de cada año, la vida es una alegría que solo se disfruta con hijos que regresan a estar con su gente. Así es Sotombá, un pueblo en paz.

La mariposa compró alas

Xiomara era una mariposa muy guapa, pues no había una mujer tan hermosa y llena de virtudes celestiales como ella. Se decía en aquella selva que su belleza solo se comparaba con las figuras de las estrellas cuando el sol emanaba una luz inimaginable.

Ella compartía con todos los animales de la comarca, pero sus favoritos eran los simios. Aprovechaba su buen lenguaje para contarles historias y en las noches dormía sobre su lomo, lo que no les caía bien a los demás animales, quienes la acusaban de ser coqueta y de usar su belleza para obtener protección y otras dádivas. Xiomara no les daba importancia, aunque las malas intenciones hacia ella crecían cada día. Prefería pasar su tiempo con aquellos semihumanos a quienes hacia reír y quienes le daban mucha comida, sin que nadie supiera qué hacía con ella o dónde la guardaba.

En cierta ocasión, un pelícano comentó que algunos animales ancianos, entre los que había chimpancés, leones, puercoespines, hienas, guepardos, serpientes y mariposas, se habían ido a vivir a un lugar más tranquilo, donde no fueran presas de los animales carnívoros ni de los humanos. Sin embargo, aunque allí tenían mayor seguridad, cada día esperaban morir por falta de alimento. Xiomara, que escuchaba la conversación, preguntó:

—¿Y dónde viven sus familiares?

—Sus familiares los dejaron ir y los olvidaron para siempre —respondió el pelícano—. Si alguien no los socorre, en pocos días morirán de hambre.

Solo un animal con gran capacidad de vuelo y amor podría salvarlos, aunque alimentar a diferentes seres con características tan distintas no sería una tarea fácil. Entonces, con su cuerpo diminuto, pero con su gran corazón, Xiomara inventó un juego en el que el perdedor donaba alimento y el ganador daba la mitad de lo obtenido debido a su buena suerte. Al principio, desconfiaron de sus intenciones, ya que no había revelado el propósito de la colecta, pues les había prometido a los animales ancianos que mantendría la ayuda en secreto para no dañar su dignidad, pero luego todos aceptaron participar del juego. De esta forma, recolectó suficiente comida y la llevó a los animales necesitados.

Sin embargo, los pelícanos, que en sus inicios habían apoyado a Xiomara, luego la abandonaron y comenzaron a difamarla. Como resultado, todo el pueblo se puso en su contra y ya nadie quiso darle ni una semilla. Nadie quería tener ningún tipo de contacto con aquella traicionera, como algunos la llamaban.

Desesperada, Xiomara ideó un plan: le pidió a un águila que le vendiera sus alas. El águila, sorprendida, aceptó, pero con la condición de que las usara por un tiempo y luego se las devolviera. Ambas usaron un ungüento que les permitió intercambiar sus alas temporalmente: el águila quedó desnuda, y la mariposa, con un cielo en sus espaldas. Con sus nuevas y enormes alas, Xiomara voló por las montañas y encontró comida suficiente para varios meses. Los animales ancianos le agradecieron su lealtad y compartieron el alimento como si fueran gatitos recién nacidos.

Mientras tanto, los pelícanos preparaban un juicio en su contra: comenzaron a ir de nido en nido, de cueva en cueva, de lago en lago, de río en río y de mar en mar diciendo que Xiomara se había robado un ungüento y que había matado varias aves para poder coquetearles a los animales de la otra montaña, quienes vendrían a invadir su selva. Creyendo los rumores sin cuestionarlos y exacerbados de odio hacia ella, todos los animales de la selva gastaron sus alimentos para comprar todo tipo de armas con el fin de defenderse de esa supuesta invasión.

El búho, en quien confiaban por su sabiduría, no opinó; por el contrario, guardó silencio como señal de que debían planear el juicio en contra de la mariposa. Un ave preguntó:

—¿Por qué no escuchamos primero a Xiomara?

—Está bien, la escucharemos —respondió uno de los pelícanos—, pero, si llegamos a encontrarla culpable, tú serás castigada junto a ella.

—Entonces, no la escuchemos —dijo el ave—. Al final, Xiomara es demasiado coqueta. De hecho, mi esposo ha tenido sueños con ella.

—Yo no soñé con ella: solo hice un comentario —dijo el esposo, pero, cuando su esposa lo miró, agachó la cabeza y se metió en su nido.

Pasaron los días y Xiomara no aparecía, por lo que los animales acumulaban razones para ir en su contra, y los pelícanos confirmaban que era una traidora. Un día, el pelícano mayor preguntó por qué tanto odio hacia ella.

La mariposa más joven respondió que Xiomara vendía y compraba comida para sus nuevos amigos, y que aprovechaba su belleza para coquetear y conseguir el novio que quería. En cambio, a ella nadie la miraba y, probablemente, moriría sin tener novio, ya que Xiomara quería a todos para sí. Los demás pelícanos coincidieron y decidieron que la apoyarían para hundir a Xiomara, quien ahora se creía la más bella, la más grande y la más ágil con sus nuevas alas.

Mientras tanto, Xiomara lloraba por la muerte de un rinoceronte que la amaba, y los demás ancianos estaban deprimidos, pues sentían que la Oscura estaba cerca. Aunque ella intentaba animarlos, nada los sacaba de ese letargo. Entonces, tuvo una idea: trajo una orquesta con un mensaje de confianza, y funcionó: los animales recuperaron la vitalidad. Además, los integrantes de la orquesta sintieron mucha compasión por ellos y se comprometieron a no dejarlos solos; a cambio, los ancianos compartirían con ellos su sabiduría y experiencias para vivir en armonía, lo cual era fundamental en aquellos momentos, ya que la selva estaba sumida en el odio y el caos.

Con el consejo de aquellos ancianos animales, la vida en la selva cambió y volvió la cordialidad. Como recompensa, los integrantes de la orquesta les llevaban comida todos los días y, cuando no podían hacerlo por tierra debido a situaciones climáticas, los peces ayudaban a distribuirla a través de los ríos.

Xiomara, al ver tanta armonía, sintió que había cumplido su misión, así que le devolvió las alas al águila, tomó las suyas y regresó a su pueblo. Tan feliz estaba que no vio señales de juicio en el cielo azul, aunque la aguardaba la pena de muerte.

Al llegar, un avestruz la tomó y, en cuestión de segundos, la llevó al paredón, donde toda la selva estaba reunida, ávida de verdad y de muerte. Xiomara explicó que no había hecho nada en contra de nadie, pero que no podía contar la verdad por haber dado su palabra. Les pidió que confiaran en ella y en su reputación, pero no le creyeron. Nadie la defendió, nadie dijo nada en su favor, y acabaron con su vida. El cielo se tornó morado, algo nunca visto, y el búho dijo que había muerto una inocente.

Al día siguiente, investigaron el comportamiento de Xiomara y siguieron la ruta que solía hacer, llena de peligros y vicisitudes. Cansados, con hambre y con ganas de rendirse, llegaron finalmente a la jungla de los ancianos, donde reconocieron a sus familiares, quienes les contaron lo que Xiomara había hecho por ellos.

El Búho lloró desconsolado. Los líderes de la selva continuaron la labor de Xiomara y forjaron lazos fraternos con sus padres y abuelos, presos en una tierra árida. Jamás perdonaron a los pelícanos, pero tampoco se atrevieron a matarlos. Decidieron enviarlos como sirvientes de los ancianos en aquel inhóspito lugar

Mustah Shahan y su pesadilla

En Wakhan, un pueblo al norte de Afganistán, nació Mustah Shahan, un hombre de aspecto serio y rígido, pero enfocado en la búsqueda de algo fructífero en su vida. Claro que los embates de la guerra y la lucha por un Afganistán libre del fanatismo religioso lo estaban convirtiendo en un ser desalmado, violento y sin amor por nadie, salvo por una figura religiosa a la que todo el pueblo le rendía culto. Para Mustah, era un honor servir y combatir por su historia y su Dios, y todo aquel que no lo hiciera merecía la pena de muerte.

Cierta vez, Shahan tuvo un sueño inquietante: algo se metía en su cabeza como un animal ruidoso y no lo dejaba paz. Las noches se habían convertido en un infierno. Trató de concentrarse, pero fue en vano; no podía conciliar el sueño y no entendía qué sucedía en sus caminos nocturnos, que ya eran pesadillas. El tiempo pasaba, interminable. Llevaba trece horas en esa situación. Al parecer, el fanatismo lo estaba llevando a un caos sin control. Por momentos, consideraba que su amor por la religión era la causa, pero el solo hecho de pensar en eso lo hacía sentirse un ser de otro planeta.

Al cabo de diecisiete horas sin dormir, paradójicamente, el raro sueño no le permitía abrir los ojos. Mustah estaba muriendo en sus propios caminos nocturnos debido a un desorden mental que ni él mismo comprendía. La conciencia y el pensamiento parecían haberse puesto de acuerdo para decirle: «Endereza tus senderos o serás parte de nuestro infierno». Al llegar a esta revelación, gritó tan fuerte que se oyó al sur del país. Sudaba; su cabeza estaba caliente; sus manos, congeladas; sus piernas, paralizadas; y su corazón latía cien veces más que de costumbre. Esta pesadilla sin fin parecía un hechizo, una revelación,un castigo.

Como pudo, saltó de la cama y cayó en un pozo de agua que había preparado para darse una ducha y salir a defender la causa de su pueblo. En ese momento reaccionó: la magia o el sueño lo soltaron y vio en la pared de su casa mucha sangre. Al observar sus manos, estaban azules, y sus pies, blancos. Su mente comenzó a conectar ideas y acontecimientos enigmáticos y arbitrarios.

Corrió a buscar ayuda, pero no encontró a nadie; todos estaban a punto de combatir contra los musulmanes. Ambos bandos estaban convencidos de que debían eliminar a sus rivales para lograr la paz. Todos eran pobres, y la guerra, que era su prioridad, les arrebataba la poca riqueza que poseían: el petróleo, las piedras preciosas y sus familias.

Shahan corrió y corrió como un loco que ve en su velocidad la única forma de sobrevivir. En su desconcierto, no se dio cuenta de que un águila lo vigilaba y una nube lo cubría. Estiró la mirada al cielo y vio tres colores: blanco, rojo y azul, los mismos que había visto después de la pesadilla. No podía pensar: estaba anonadado, empastado en una orgía de magia y trastornos mentales.

No obstante, sus piernas, que hacía un momento estaban paralizadas, ahora corrían con la fuerza de un camello y la velocidad de un águila. Ni siquiera sentía los rápidos y fuertes latidos de su corazón; estaba sumido en la nada, en una carrera sin fin, compitiendo contra nadie y por nada. Siguió corriendo hasta que, después de 89 kilómetros, en pleno desierto, vio a unas personas en medio de aquel cúmulo de arena y soledad.

Calmado, se detuvo entre ellos. En ese momento, el águila le entregó una vara y la nube convirtió el día en noche. Las luces se volvieron blancas y rojas, y él preguntó: «¿Y la azul?». El águila lo miró como diciendo: «Depende de ti». Mustah levantó la vara, y el polvo del desierto cegó a todos a su alrededor. Después de unos minutos, salió un sol azul. Todos se sorprendieron y, anonadados, se abrazaron.

Claro que no era un abrazo cualquiera, sino un cruce de brazos y manos de acérrimos enemigos que vieron en el desierto una magia que los hizo dejar de enfrentarse. Entendieron que la hermandad es más fuerte que el odio, que el fanatismo no podía hacer que sus corazones latieran cien veces más rápido que un corazón normal y que no debían destruirse entre ellos sin razón alguna.

Shahan bajó la vara y se dio cuenta de que era una pluma de águila. Miró al cielo y vio que no era un águila lo que lo perseguía, sino un pajarito que estaba allí por casualidad. En ese instante, entendió que el sueño tenía un objetivo: despertarlos para que pudieran vivir en el mismo lugar, a pesar de sus diferencias, sin agotar los recursos tratando de aniquilarse.

Todos comenzaron a reír como si fueran amigos celebrando un triunfo. La nube se fue y llegó el día. Corrieron a buscar abrigo o un oasis, pero no encontraron nada, así que recorrieron los 89 kilómetros sin agua, sombra ni alimento. Tratando de salir del infierno en que vivían, buscando un cielo eterno, cavaban su propia muerte en tierra y para la posteridad.

Al cabo de tres días, llegaron a casa y Shahan reunió a algunos de ellos y les dio un decálogo que le había entregado el ave mientras caminaban. Los llamó a vivir y a ser leales en una sana convivencia. No les obligó a que dejaran sus religiones, mas sí a que fueran tolerantes; de esta manera, comenzarían a construir un futuro dividido pero compartido, donde primase el respeto y la vida.

Cuando Shahan volvió al lugar de su pesadilla, vio que todo estaba intachable, en pleno orden, como si nada hubiera acontecido, pero los colores blanco, rojo y azul destellaban en la alcoba, que él llamó «mágica». Nunca tuvo otra pesadilla como esa, aunque anhelaba otra cuando sentía que su camino no era el mejor. Sin embargo, eso jamás sucedió. Se dio cuenta de que la magia solo ocurre una vez, con un propósito y un fin altruista; en este caso, había consistido en abrir los ojos de todo un pueblo para humanizar sus corazones de piedra.

Mustah murió a los 103 años y sin haber visto que se derramara sangre en su natal Wakhan. Cuando iban a enterrarlo, apareció una nube, luego una vara, después un águila y, finalmente, el cielo se tiñó de rojo, blanco y azul. La gente salió espantada suponiendo otro castigo. Al día siguiente, el féretro seguía intacto. Con mucha cautela, lo enterraron, y entonces escucharon una voz que decía: «Se puede vivir con diferencias». No entendieron qué significaba, pero se quedaron allí.

El viaje de Elías y Martín

Este relato aborda un pequeño pueblo anclado en las montañas, rodeado de abundantes bosques y ríos transparentes. Allí había un anciano llamado Elías, con sabiduría en sus ojos y en su barba blanca, por lo que su presencia era respetada por todos. Elías era un hombre de rutinas: todas las mañanas se levantaba temprano y se dirigía hacia el río a pescar. Lo acompañaba un perro callejero al que había bautizado Trueno. Juntos compartían muchos silencios y secretos mientras esperaban pacientemente que el pez picara en el anzuelo.

Todo iba normal hasta que un día, mientras arrojaba su caña al agua, notó algo extraño en la orilla: era una reliquia, una vieja caja de madera desgastada por el tiempo y la humedad, que destruía su naturaleza. Al abrirla, vio que contenía un diario con páginas amarillentas y elegantes letras cursivas. No pudo resistirse y comenzó a leerlo. Fue transportado a una época que parecía estar llena de gente y de fiesta. Aprendió que el diario pertenecía a un joven de nombre Martín, quien había vivido en el pueblo más de cien años antes.

Martín había sido un poeta del sueño, un fanático de las estrellas y los libros. Aunque su mayor deseo era explorar el mundo más allá de las montañas, sus obligaciones familiares lo mantenían en el pueblo. Sin embargo, continuaba escribiendo sobre sus experiencias imaginarias y sus deseos de liberación. De alguna manera, Elías se sintió conectado con Martín: ambos disfrutaban de la naturaleza y tenían curiosidad por lo desconocido, así que decidió seguir su ejemplo y aventurarse en las lejanas tierras que el joven había imaginado. Elías caminó por los bosques, subió montañas y cruzó ríos con Trueno a su lado. Cada paso lo acercaba más a su destino, y cada noche, antes de dormir, leía fragmentos del diario de Martín bajo la luz de las estrellas.

En su viaje, se topó con algunos personajes intrigantes, en particular, con una mujer misteriosa llamada «la Bruja del Té», que vivía en una cabaña rodeada de vegetación. Ella le enseñó a leer las hojas de té y le reveló secretos sobre el destino y la relación con la naturaleza. Después, Elías se topó con un anciano ermitaño, un individuo solitario que residía en una cueva en la cima de una montaña. El hombre, de ojos brillantes y una barba larga y blanca, le contó historias sobre las constelaciones y lo ayudó a encontrarlas. Finalmente, pero igual de importante, conoció a una joven, alegre y valiente pastora que cuidaba un rebaño de ovejas en los campos verdes. Su risa era muy contagiosa y su amistad le dio muchas fuerzas para seguir adelante.

Después de meses de viaje, Elías llegó a un lugar mágico: un valle escondido entre las montañas, donde las flores brillaban con colores increíbles y los pájaros cantaban melodías nunca escuchadas. En el centro del valle, halló una piedra que llevaba tallado el nombre «Martín». Elías, quien estaba consciente de que su búsqueda había llegado a su fin, se acostó frente a la piedra y pronunció con fuerza las últimas líneas del diario de Martín: «La aventura verdadera se encuentra en el corazón de aquellos que sueñan».

Entonces, divisó una figura en la distancia: una joven con cabello dorado y túnica blanca se acercaba. Bajo la luz del sol, su piel parecía brillar. Era como si fuera una criatura mágica de los cuentos de hadas que formaba parte del paisaje. La joven se sentó junto a él con una sonrisa y exclamó con una voz suave:

—Bienvenido, viajero. Soy Lisandra, la protectora de este valle. ¿Qué te trae por aquí?

Elías le contó la historia de Martín, su diario, su anhelo de libertad y su relación con la naturaleza. Lisandra escuchó atentamente y afirmó:

—Martín fue un valiente soñador, pero la libertad verdadera está en el corazón de quien busca, no en las tierras lejanas. —Luego extendió la mano hacia la piedra tallada y agregó—: Esta piedra es un portal, un vínculo entre los mundos. Martín lo descubrió hace siglos. Aquí, los sueños se hacen realidad, y los corazones encuentran su camino.

Elías se sorprendió al observar la piedra. «¿Es esto posible? —pensó—. ¿He alcanzado el límite de la inmensa libertad que anhelaba?». Lisandra le dio a elegir entre quedarse en el valle y descubrir sus secretos o regresar al pueblo y compartir su experiencia con otras personas. Elías cerró los ojos para escuchar el latido de su corazón. Recordó las bromas de la joven pastora, las historias del anciano ermitaño y las lecciones de la bruja del té. En su viaje, había descubierto la libertad, pero también la magia de las relaciones humanas.

—Volveré al pueblo, pero traeré la sabiduría de este lugar conmigo —le expresó con gratitud—. La aventura verdadera se encuentra en el corazón de aquellos que sueñan, y yo seguiré soñando.

Elías se dio cuenta de que su viaje no había sido inútil. No había encontrado la libertad que Martín deseaba en las tierras lejanas, sino en su interior. Desde entonces, el anciano regresó al pueblo y contó sus historias, con las cuales inspiró a las nuevas generaciones a soñar y explorar.

El pequeño pueblo en las montañas se inspiró en la historia de Elías y Martín, recordando a todos que los sueños son puertas hacia la verdadera aventura.

La ropa que envejecía a las mujeres

En el África occidental vivía un señor llamado Dalton X, quien tenía cuatro hijos y solía visitar almacenes de Europa y Estados Unidos. Era un hombre alto, de piel negra, cara simpática y brazos largos. Muchos decían que, de tanto estirar las manos, pues se había dedicado a vivir de los demás, tenía los brazos más largos que las piernas.

Un día se dio cuenta de que sus hijos no tenían suficiente dinero para vivir, aunque hay que decir que su familia era muy próspera, pues contaba con tantos recursos como todo un barrio de dos mil personas. En pocas palabras: era un hombre rico en una comunidad muy pobre. A pesar de tener muchos vecinos viviendo en la miseria, jamás compartía su riqueza: los ponía a trabajar y les pagaba con comida, ya que había tanta hambre que algunos morían de inanición, pero esto poco le importaba.

Dalton X les sugirió a sus hijos que emprendieran nuevos rumbos fuera del continente. Sus cuatro hijos decidieron seguir el consejo de su padre: dos se fueron a los Estados Unidos, y los otros dos viajaron a los países más ricos de Europa. Al principio, parecían mendigos en esas ciudades, pero, como eran entendidos, rápidamente entendieron que debían planear algo para cambiar el curso de sus vidas. Siguiendo el consejo de su padre, comenzaron a comprar ropa para enviarla à Acra y Ghana. El padre, feliz, la recibía y la revendía a precios exorbitantes. Poco le importaba la gente: solo quería dinero y el progreso de su familia, olvidando que el ser humano depende de los demás y que nadie progresa solo.

Con el tiempo, la gente estaba feliz porque vestía ropa de marca a precios muy bajos en comparación con los que se pagaban en Europa y Estados Unidos. Los hijos enviaban cientos de kilos de blusas, brasieres, *jeans*, camisas, chaquetas, entre otros vestuarios.

Una mujer llamada Ana Priscila se miró al espejo y se dio cuenta de que había pasado de tener 30 años a casi 45. No le gustó, pero, como buena mujer, solo le interesaba lucir joven, con vestidos de marca y exhibir sus encantos. Les comentó a sus amigas que no sabía por qué se veía tan vieja, pero ellas, en un toque de hipocresía, le dijeron que se veía regia y que, comparada con una quinceañera, ella ganaba en juventud y hermosura. Priscila se tranquilizó, pero, al llegar a su casa, su hijo de 9 años le dijo: «Madre, te estás envejeciendo, y yo te quiero joven para jugar contigo». Lo dijo en tono apaciguado, tierno y con el cariño que solo se le da a una madre.

Ahora estaba preocupada: no le importaba que le dijeran «pobre», «loca» o «soberbia», pero no soportaba que la llamaran «vieja». Fue a ver a sus amigas y ahora ellas dijeron: «Parece que Priscila tiene razón: no solo ella está vieja, nosotras también». Salieron llorando y fueron a encontrarse con otras amigas tratando de encontrar la razón de lo que les estaba ocurriendo. Cuando observaron a las demás mujeres, se dieron cuenta de que las más pobres se veían más radiantes y jóvenes que ellas.

—¿Cuál es la razón? —preguntó Priscila.

—¿Será la ropa que usamos? —dijo María y dio algunos argumentos al respecto.

—No, eso no es —dijeron todas a una voz—: no hay relación entre la ropa y la edad.

Decidieron preguntarles a las mujeres que usaban la ropa que vendía Dalton X cómo se sentían, y todas admitieron que se sentían cansadas y sin fuerzas para seguir viviendo. Entonces, Priscila le preguntó a Dalton X por qué su ropa las hacía envejecer, pero tanto él como sus hijos lo tomaron a risa.

La ropa parecía nueva, ya que ellos le echaban un químico y la arreglaban antes de que llegara a Acra. Sin embargo, mientras ellos se hacían ricos, las mujeres envejecían. Los hombres no consumían este tipo de ropa por su apego a lo local, pero a las mujeres les podía más verse como las europeas o americanas modernas.

María y Priscila dejaron de usar la ropa por un mes: sus cuerpos volvieron a ser esbeltos, sensuales, y sus fuerzas regresaron. Los hombres volvieron a mirarlas y sus hijos les decían: «¡Mamá, volviste a ser joven!». Ellas se quedaron sin palabras y volvieron a los almacenes de Dalton X. Allí descubrieron la mentira que les estaba vendiendo: se trataba de ropa con la que vestían a personas fallecidas y que ellos compraban a precios irrisorios antes de la cremación.

—Esta ropa envejece —dijo Priscila—, quita fuerzas, maltrata a nuestros hijos, y usted se está enriqueciendo con nosotras, que somos mujeres de escasos recursos. Lo poco que tenemos lo invertimos en ropa de marca, pero qué triste que usted se aproveche de eso para engañarnos y mantener su flujo de caja alto en detrimento de nuestras familias y necesidades.

Dalton X no tuvo más remedio que decir la verdad: aceptó que la ropa venida del extranjero era de segunda mano, que había pertenecido a personas muertas y que traía ciertos virus que envejecían la piel.

Las mujeres, furiosas, se sintieron traicionadas por un señor al que habían llegado a llamar «héroe» por hacerlas lucir elegantes, pero ahora lo odiaban. Quemaron el lugar y, a las doce horas, sus ropas volvieron a ser tradicionales y sus rostros lucieron cinco años más jóvenes. Cuando se vieron al espejo con la piel lozana, ligera y sin arrugas, se dieron cuenta de que la vanidad y la mentira son hermanas. Eso sí, Dalton X y sus hijos no devolvieron el dinero y nunca más se supo nada de ellos

Casilda Cundumí desde Malí

Malí, nación africana; región donde han nacido muchos héroes y donde la vida vale oro pero en donde los valores se llevan en la sangre.

En esta región del Níger, donde las mujeres no son vistas como humanos plenos, sino como seres de quienes se puede abusar sin reconocer su bondad, fuerza e inteligencia, nació una niña contestataria llamada Casilda. En cierta ocasión, intentaron abusar de ella, así que decidió huir, pues no quería ser objeto de nadie y prefería cualquier tipo de muerte antes que dejarse vituperar. Mientras corría por la ribera del río, fue vista por unos extraños, pues su cuerpo era llamativo: esbelta, negra, de ojos oscuros, con una cintura que parecía retener el viento y un cabello que caía hasta su cadera. Hasta el sol se mareaba acariciando la piel de esta mujer digna de Malí. Nadie quedaba indiferente a su paso.

Los extraños la atraparon y la subieron a un barco para llevarla a la fuerza. Aunque golpeó y luchó, no pudo contra tantos hombres. Con rabia, desazón y melancolía, supo que su corazón y su fuerza deberían desarrollarse en tierras lejanas, pero jamás pensó que ese lugar sería América y, menos aún, que después de ser llamada «reina» en su Malí, pasaría a ser una esclava por decisión y ambición de un grupo de delincuentes que creían que la vida de los demás les pertenecía. Su inteligencia y sentido de interpretación le permitió deducir toda esta información, a pesar de que los hombres se comunicaban en un idioma que no era el suyo.

La reina de Malí, como la bautizaron en tono de burla, llegaba a América. Su sabiduría le decía que había sido tomada como esclava y que, si no intentaba huir, su fuerza y coraje, característicos en ella, serían cosa del pasado, y su grandeza y virtud se perderían.

Al bajar del barco intentaron tocarla; ella se resistió y, como castigo, recibió latigazos, algo jamás imaginado en su corta vida. Por el contrario, tomó más coraje para resistir. Fue resiliente, aguantó hambre por varios días, pero esto le dio más energía para no dejarse vencer por sus raptores. Maldecía esta tierra, añoraba a su gente, mas entendía que no podía vivir del recuerdo y que su realidad estaba aquí; por lo tanto, no derramaría una lágrima más. La reina del Níger no hablaba, no comía; miraba fijamente al horizonte. Sus captores decidieron quitarle las cadenas al darse cuenta de que las heridas la estaban matando. A pesar de ello, no sucumbía.

La llevaron para ser tratada, pero como consideraban que, al ser negra, carecía de alma, no profundizaron en sus heridas. Por el contrario, le echaron un líquido muy fuerte para matar a los animales que estaban en su piel. A pesar de su maldad, la dejaron libre, suponiendo que moriría en cualquier momento y que había sido una mala inversión.

Casilda corrió y buscó unas yerbas que conocía de su tierra, rezó como solía hacer en su natal Malí, se unió con otros compañeros que habían sido liberados por enfermedad, a quienes llamaban «niches», y se fue en busca de una conquista. Pasados dos meses, estaba recuperada, más sana que de costumbre, más linda que nunca y con más vigor para luchar y demostrar que ella valía más de lo que sus captores suponían.

Un capitán del barco en el que habían viajado decía que la extrañaba, que esa mujer causaría muchos problemas. Algunos respondieron: «A esta fecha ya se la deben haber comido las aves carroñeras». Otros decían riendo: «Esas caderas ya deben haberse acabado». Estaban lejos de la realidad: Casilda Cundumí había formado un grupo con varios amigos venidos de África y otros encontrados en la nueva tierra, a quienes les dijo, refiriéndose a los esclavistas, que la habían secuestrado:

—La idea era hacernos esclavos para que produjéramos dinero y oro para ellos, y luego dejarnos morir o vendernos al mejor postor cuando ya estuviéramos acabados.

—Estos tipos son animales y piensan que por nuestro color de piel no somos humanos —agregó uno de sus nuevos amigos.

Sus coterráneos contaron que habían sido traídos a la fuerza y que vivían en las peores circunstancias: solo comían una vez al día, no podían hablar entre ellos, ni sentarse a descansar, ni mirar a los jefes a la cara, ni reírse, ni llorar. Cuando tenían hijos, también los esclavizaban, y si enfermaban, los dejaban morir y culpaban a sus padres. Por obvias razones, estaba prohibido dormir más de tres horas al día, y la rebeldía se pagaba con violaciones y muertes espantosas frente a sus familiares. Al escuchar el relato de tantas injusticias, Casilda afirmó:

—Esto se acabó: juro por mi vida que nunca seré esclava y que mis hijos y los que me rodean vivirán con dignidad.

En esos momentos sonaron unos rayos y la brisa volvió a acariciar sus caderas como si estuviera enamorada de ella. Entonces, tomó fuerza y gritó tan duro que hasta la escucharon sus antiguos captores. Todos se impactaron al ver ese destello de luz que parecía amenazarlos y darles un ultimátum. Algunos insistieron en que debían cambiar de parecer y considerar a los cautivos como humanos, darles una mejor vida, pues entonces estarían felices y trabajarían mucho más. Sin embargo, el corazón del capitán, llamado Humberto, era de hierro, con orificios de barro y cemento, por eso no sentía amor al prójimo.

Con mucho coraje, Cundumí ingresó a las tierras fértiles de Palmira con un corazón que no creía en la debilidad y una mente inquebrantable ante las peores circunstancias. Así era ella: una mujer hecha para vencer. Entonces, comenzó a llamar a más personas para que se unieran a su causa, a adultos a quienes los esclavistas ya no querían porque no producían. Liberó a algunos y les enseñó técnicas de defensa y ataque, cómo resistir el dolor, cómo mimetizarse cuando estaban en situación de defensa y no podían con el enemigo.

La comandante de este ejército tenía una clara convicción: defender a su pueblo, forzar su liberación y encontrar paz en el corazón de aquellos que habían sido tratados peores que ratas. Para ello, les exigió fortaleza, pasión por la libertad y no dejarse vencer por nada ni nadie.

En su primer enfrentamiento con los captores, vencieron a trescientos hombres armados y los dejaron completamente desnudos para que no volvieran a intentar luchar. Algunos decidieron unirse a la causa, pues no estaban de acuerdo con sus compañeros, así que lucharon por la redención de todo un pueblo.

Casilda se unió a uno de ellos y tuvo cinco hijos. Luego de la muerte de este, se unió a otro, con quien tuvo nueve hijos más. Su fe y su convicción nunca flaquearon, y eso les transmitía a sus hijos. Una vez fue capturada, pero, cuando estaba a punto de ser fusilada, logró escapar gracias a su conocimiento de muchos rituales africanos que la ayudaron a liberarse. Al día siguiente, aniquilaron a todos los que querían asesinarla.

Continuó su lucha y, con casi 80 años, seguía siendo una líder con los pies en la tierra y la mente en lo alto. Su lucha fue un ejemplo para todo un pueblo que solo pensaba en nacer libre. Toda clase de vejámenes con Casilda se acabó. Aquella mujer, que había nacido en 1823 en Malí, luchó, venció y jamás nadie pudo con ella. Sembró en su nuevo pueblo el valor, la hermandad y la resiliencia; enseñó a luchar por un objetivo, el significado del liderazgo y la lealtad a los líderes. Aunque, por ser la primera, estuvo expuesta a la muerte, siempre venció.

Murió a los 122 años, reconocida por haber liberado a un pueblo y haberles enseñado el valor de la vida y la libertad. No fue enterrada en un panteón en Palmira, sino en un lugar secreto, porque, a mediados del siglo XIX, todavía los negros eran considerados sin alma. Desde entonces, en Palmira, en el

Níger y en Malí, Casilda Cundumí es reconocida como la mujer que fue amada por el viento y engendrada por la libertad.

El más nipón entre los chinos

Chun Hun Sé, hombre de 60 años con mucha sabiduría, excelente educación y gran valor para enseñar a las nuevas generaciones, vivió para los japoneses siendo el más chino entre los chinos y terminó convirtiéndose en el más japonés para los japoneses. Era una figura nacional, aunque en su propio país no lo conocían.

Había nacido en Taipéi, pero, debido a su religión y a su oposición al comunismo, sus padres fueron expulsados del país. Al principio, se rebelaron y no se marcharon. A los 10 años, Chun Hun Sé ya mostraba una inmensa sabiduría; en el colegio siempre era premiado, y sus maestros lo estaban formando para que se convirtiera en el más grande científico de la historia. Los gobernantes sabían esto, pero, como todo héroe sabio, nunca estuvo de acuerdo con los abusos del poder, así que, a su corta edad y con la participación de sus padres, se rebeló y causó mucho desorden en un país comunista. Cuando esto llegó a oídos de sus líderes, decidieron sacarlo del camino.

Padre, madre e hijo debieron huir con lo puesto para salvar su vida. Pasaron del honor al exilio, a la vergüenza más grande que puede sentir un ciudadano en el mundo.

Llegaron a Tokio y, al principio, todo fue un caos. Aprender el idioma japonés era todo un desafío. En la escuela, fue objeto de burla por su manera de hablar y sus características físicas. Lloraba, pero sus padres lo alentaban. Sin embargo, cuando aprendió el idioma, el mundo se abrió para él.

Decidió investigar la vida del pueblo japonés. Había escuchado sobre la catástrofe de Hiroshima y se propuso como meta acabar con la violencia mental y convertirlos en una potencia mundial. Después de la guerra, Japón había quedado sumido en el llanto, en la pobreza, en el desapego a la existencia. Sus ciudadanos habían perdido el interés por el amor y ya no formaban hogares. Adicional a ello, la emigración aumentaba, ya que la ciudadanía no se sentía segura en un país donde una bomba había acabado en un instante con la vida de muchas personas. La vida era un juego de polvo contaminado por bombas que bailaban al son del aire, y toda criatura era víctima. Bombas inteligentes, pero llenas de muerte.

Por lo tanto, se dedicó a pensar en cómo lograr que una nueva bomba no los tomara por sorpresa y fue ante el Gobierno Central para explicar lo que había descubierto. Dudaba si lo apoyarían, pues podría ser visto como un loco y no había presupuesto para experimentar. A pesar de ese pensamiento, creó un laboratorio que podría retener un ataque nuclear de cualquier tipo de bomba, en cualquier dirección, sin que matara ni una hormiga.

La gente le daba poco crédito, pero sus padres y amigos lo apoyaron. En este tipo de proyectos, siempre se debe contar con la complicidad y la fe de algunas personas; por ello, todo triunfo individual tiene héroes invisibles que hacen posible un reconocimiento particular.

En un momento delicado, sonaron alarmas de guerra. Todo era incertidumbre; se avecinaban más muertes cuando apenas habían enterrado a las víctimas de las bombas. Los rusos comenzaron a atacar a Japón porque lo veían, a pesar de todo, como un aliado de los americanos, mientras que ellos defendían los derechos y la supremacía de Corea del Norte. Era una guerra mundial. Los rusos, que se sentían los dueños del mundo, aprovecharon la debilidad de los norcoreanos para apoyarlos y luego tomarlos como aliados prometiéndoles hombres, armas, dinero y cualquier elemento para atacar a Corea del Sur y a Japón.

Los norcoreanos se subieron al trono de la guerra y plasmaron una estatua de su líder, Jinsu, quien aceptó la ayuda rusa, así que comenzaron a atacar a los surcoreanos. Cuando creían que ya los habían sometido, recibieron el feroz ataque de los americanos, por lo que decidieron abandonar la ofensiva. Con el país dividido en dos, siguieron siendo un mundo aparte, un universo donde solo podían vivir ellos.

Tiempo después, mientras el mundo estaba de fiesta, celebrando y disfrutando de la vida, los norcoreanos, que se vestían de hombres bravos y duros de corazón, construyeron una bomba de alcance infinito para utilizarla contra los japoneses.

Chun Hun Sé estaba seguro de que recibirían un ataque, así que trató de crear defensas para diferentes tipos de bombas. Un día, uno de sus amigos le dijo que los norcoreanos estaban furiosos y que probablemente descargarían su ira contra los japoneses. Esta información fue vital para este chino que ya era un japonés más y que llevaba muchos años en el laboratorio buscando cómo salvar a su nuevo pueblo.

Algunas personas decían: «Él nos salvará. Pasa mucho tiempo en el laboratorio; algo bueno debe salir de ahí». Otros, en cambio, sostenían que el mago (lo llamaban de ese modo porque hacía desaparecer la plata del Gobierno japonés en sus investigaciones) solo estaba estafándolos; incluso, crearon muñecos con su figura en señal de burla. Hasta en Corea del Norte se reían de él.

De manera extraña, el Gobierno norcoreano permitió la visita de algunos japoneses confiables, amigos suyos, a quienes les contaron sus planes, aunque sin revelar que estaban dirigidos contra ellos. Fue entonces cuando un amigo de Chun Hun Sé descubrió el tipo de material que podrían utilizar para construir sus bombas. Con esta información, el científico tenía casi el 75 % de certeza sobre qué tipo de bombas lanzarían contra ellos o cualquier otro país.

Luego de un tiempo, los norcoreanos expulsaron a todos los japoneses y les advirtieron que los acabarían. De inmediato, en Japón se activaron las alarmas: llamaron a prestar servicio a todos los mayores de 16 años y compraron muchas armas a los americanos para defenderse de un posible ataque aéreo.

Los norcoreanos, a través de sus ministros internacionales, anunciaron que el tiempo de guerra ya había pasado y que otra vez serían amigos. Todo quedó en calma y el Gobierno nipón bajó la guardia, pero Chun Hun Sé advirtió que se trataba de una estratagema y que la posibilidad de un ataque era más inminente que antes.

Una tarde calurosa y de lluvia, mientras probaba su arma anti bomba nuclear, vio que se aproximaban cientos de aviones norcoreanos, los cuales soltaron sus bombas químicas en forma de un líquido rosado, pestilente, brillante y letal para quien lo respirara. En el acto, Chun Hun Sé lanzó su químico de color rojo en forma de polvo. Cuando ambas sustancias se combinaron, se transformaron en granitos en forma de bola que no mataron a nadie, solo causaron contaminación en pozos y ríos.

Al día siguiente, los norcoreanos, que habían gastado fortunas en su bomba atómica, vieron su fracaso en los medios. Intentaron asesinar al héroe, pero no pudieron, pues ya había obtenido el respaldo de distintos gobiernos, incluso de sus propios aliados, porque una inteligencia que había salvado millones de vidas no podía ser exterminada.

Este hombre de 60 años había logrado su objetivo: servir al Japón y vencer a una bomba, algo impensable. La vida lo recompensó, y los que antes lo odiaban ahora decían: «Eres el más japonés entre los japoneses».

«Marina, deje así, no pasa nada»

Marina, habitante de Turquía y sobreviviente de mil batallas, dueña de los mejores hoteles de Ankara, se dejaba llevar por la belleza de las playas españolas. Fue en una de esas locuras sensatas donde conoció a Julián, un español de ojos verdes, alto y de piernas largas. Ella, dulce y risueña, con el porte de una mujer rica, se sentía atraída por los esbeltos cuerpos masculinos.

La vida era un estímulo constante para Marina. Poseía mucho dinero, oro y numerosas propiedades: era casi la dueña de la capital. Esbelta y hermosa, con unos ojos que embellecían su mirada, era una diosa humana. A su lado, su prometido, parecía más bien un accesorio.

Ella solía dedicarse en secreto a la compra y venta de hombres, un negocio que le generaba mucho dinero. Cierto día, mientras caminaba, un hombre se acercó y le pidió un regalo para su hijo. Marina, a pesar de sus abundantes riquezas, le respondió:

—No. Como dijo Fernando de Rojas, pedir es maldición.

El niño, con lágrimas en los ojos, se sintió peor que un ladrón condenado a muerte y le dijo:

—Gracias, hoy no va a pasar nada.

Ella no prestó atención a sus palabras. Dos kilómetros más adelante, su esposo llegó asustado y le preguntó:

—¿Qué tienes?

Sus ojos, antes como diamantes, ahora eran como bolas de fuego. Parecía casi un extraterrestre, un tipo de ser jamás visto sobre el planeta.

—¿Qué sucede? —le preguntó ella, preocupada.

—No pasa nada.

A Marina le pareció curioso que dos personas en estado de casi agonía dijeran «no pasa nada», pero continuó su camino como si la brisa la buscara y las piedras la aplaudieran. De repente, una niña la miró fijamente, así que ella le preguntó:

—¿Por qué me detallas?

—No pasa nada —dijo la niña.

Marina comenzó a preocuparse, ya que eran tres personas diciendo lo mismo. Su novio, agotado, no veía la hora de llegar a casa, pero ella, queriendo lucirse en la ciudad, caminaba casi cuatro kilómetros en tres horas.

—Amor, vámonos más rápido —rogó él.

—No. Quiero que me vean —dijo ella.

—Amor, pero no hemos descansado y los alimentos nos esperan.

—Aguanta. No seas flojo —dijo ella sonriendo y, cuando percibió el enojo de su novio, insistió—: ¡Deja de ser flojo!

—No pasa nada —dijo él.

Ahora Marina veía el mundo de otra manera, pues, aunque no se sentía insegura, ya le disgustaba escuchar siempre lo mimo. Un rato después, llegaron a una tienda y les preguntaron qué iban a pedir. Ella pidió agua, y él, una cerveza. Cuando iba a pagar, le dijeron: «Señora, deje así, no pasa nada».

Muy preocupada, salió a hablar con otras personas, pero todas le decían «no pasa nada». No lo podía creer, pensaba que la gente estaba loca o la querían volver loca. Su soberbia cegaba su inteligencia, y cuando esto sucede, los errores vienen en fila.

Siguió caminando por las calles, preocupada. Cuando llegó donde estaban sus amigos más cercanos, quiso tener una consideración con ellos, pero le respondieron: «Váyase y deje así, no pasa nada».

Su mente estaba en un maremágnum, sin saber qué decisión tomar, qué decir, qué responder. La situación se volvía preocupante y el remordimiento le daba alguna información que no lograba captar. «¿Acaso he sido despectiva con los demás? ¿O he acumulado tanta riqueza que ahora todos quieren hacerme sentir su indiferencia y darme una lección? ¿Habré sido demasiado ambiciosa? ¿Habré empobrecido a mucha gente?». Todos estos pensamientos circulaban por su cabeza. Se sentía mal, egoísta. Sentía que, en el afán de formar su propio imperio, se había sobrepasado.

Ahora pensaba que la compra y venta de hombres estaba cercenado la dignidad humana. En realidad, estaba con ellos por un tiempo y después los ofrecía a las damas ricas y mayores de la capital turca, quienes pagaban muy buen dinero por estar con ellos, dinero que ella acumulaba en sus arcas. Por ese motivo, muchas damas la consideraban una mujer ambiciosa, sin escrúpulos ni valores, sin consideración por el amor, y la tenían por una bárbara.

Marina no podía entender por qué todos se negaban a recibir algo suyo diciendo «deje así». La vida se volvió una pesadilla, un río furioso y sin control. Le decían los mismo en los centros comerciales, en los parques, en los hoteles, cuando tomaba un taxi, hasta que no aguantó más y gritó como loca. Todos la miraron extrañados.

Cuando llegó a casa, encendió la tele y vio un comercial que decía: «Marina, deje así, no pasa nada». Esto colmó su paciencia. De inmediato, reunió a amigos, familiares y hombres a los que había ayudado y les preguntó:

—¿Qué pasó? ¿Por qué todos me quieren volver loca?

Una niña que estaba en la reunión le dijo:

—Mi padre dice que fuiste una gran mujer y que, a pesar de tu dureza, nos ayudaste a todos y cambiaste el norte de nuestra ciudad. Por eso todos te tenemos agradecimiento, pues hoy somos grandes gracias a tu tenacidad, disciplina, perseverancia e inteligencia.

—¡Gracias! —le gritaron todos.

—Dejen así —dijo ella y abrazó a la niña.

Marina entendió que la expresión «deje así» estaba reviviendo un pasado oscuro, pero, contrario a ello, le reconocían su heroísmo por un lado y, con la expresión «no pasa nada», solo le querían decir que su soberbia no alcanzaba a cautivar lo bueno que había hecho por ellos.

El cuento mocho de la Mocha

Colombia, región suramericana que alberga gran cantidad de personas que abrazan su tierra y se enamoran del cielo. De origen romano, pero matizada por otros pueblos, es fría, caliente, páramo, gigante, hermosa. En ella hay personas que acarician, a pesar de que les falte una mano, pues extienden los otros miembros para compensar su ausencia. Este fenómeno no es exclusivo de Colombia: sucede en toda Latinoamérica y más allá.

En Nariño, se encuentra Salahonda, una población mayoritariamente afrodescendiente con un matiz indígena. A pesar de las vicisitudes y la incomprensión de los políticos, que no saben cómo dirigir esta hermosa región, la gente ha aprendido a sobrevivir y a seguir adelante, aunque los caminos sean difíciles. «Salahonda es mi tierra —decía doña Mariana—, Salahonda es mi hogar. Yo te amo hasta la saciedad y, si me muero, te llevo conmigo. No te dejaré jamás». Sin embargo, muchos no le creían porque todos decían amar a su tierra, pero, si les daban a escoger entre ella y el dinero, elegían lo segundo. Criticaban a los políticos, pero se comportaban de igual manera.

A Mariana le gustaba hablar de más. Cuando ella pasaba, todos callaban y asumían voz de santo y comportamientos austeros, pero no hacían nada. Algunos decían: «Trágame, tierra, que viene esta señora». El comportamiento de Mariana no era gratuito, pues ya había muchos corazones rotos por su ligereza de lengua, aunque también había unido a muchas parejas y había ayudado a resolver grandes problemas. Era un mal necesario para aquella región del Pacífico nariñense, un personaje que no querían encontrar en la oscuridad, y cuya ausencia agradecían cuando brillaba la luz.

Mariana se dedicaba a promover las buenas acciones y a recompensar a quienes ayudaban a otros. En cierta ocasión, un niño encontró una billetera que contenía oro y dinero y la devolvió a su dueño. Cuando ella se enteró, lo anunció a todos, por lo que el niño se convirtió en el mago de la honradez y el ejemplo a seguir en la escuela. Para algunos, era un ángel; para otros, un ángel caído.

Debido a su ubicación, Salahonda tenía problemas de seguridad, lo que obligaba a policías, soldados y miembros de la Armada a hacerse amigos de los enemigos para no sucumbir y poder llegar vivos a casa. Sin embargo, en otras ocasiones debían cumplir con su deber y proteger al pueblo de los malhechores. Por lo tanto, la fuerza pública tenía una doble función: cuidar al pueblo y no dejar a sus familias desamparadas. A veces debían jugar con la doble moralidad, aunque eso no justificaba que se unieran a los malhechores para ganar doble salario.

Un día, la policía detuvo a Jair, un hombre conocido en el pueblo por infringir la ley. Lo llevaron al calabozo y él, con aparente amnesia, preguntaba: «¿Por qué me detuvieron?». Aducía haber olvidado todo debido al dolor que le habían causado dos uniformados. No recordaba haber apuñalado y robado a una muchacha para obtener el oro que ella había extraído en la mina con gran esfuerzo, ni haber hurtado y amenazado a un niño de solo 12 años.

Jair era un pillo, y los enemigos de los uniformados lo tenían como objetivo militar. Solo esperaban una excusa más para darle un trato poco amable. Se comentaba que ya le tenían la lápida hecha, que era un cadáver viviente. A pesar de ello, tenía buena suerte y esta vez contó con una aliada inesperada. Cuando lo llevaron al calabozo, uno de los policías le dio un golpe, y él, en un acto histriónico, comenzó a gritar de dolor justo cuando Mariana pasaba por allí. Por lo tanto, aprovechando la circunstancia, se golpeó a sí mismo y gritó como loco, sabiendo que ella pondría al pueblo en contra de los uniformados.

Y así fue. Cuando Mariana, entre llantos, comenzó a gritar: «¡Matan a Jair! ¡Matan a Jair!», el pueblo marchó rápidamente a la estación destruyendo todo a su paso. La Marina, el Ejército, las comunidades que apoyaban a la Policía, e incluso los grupos al margen de la ley, a pesar de su temor por Jair, fueron a defenderlo.

Uno de los revoltosos golpeó a un policía con una piedra, pero fue capturado junto a otras dieciocho personas. Todos fueron llevados en un bote rumbo a Tumaco, pueblo vecino de Salahonda.

—Y la que armó todo este lío, ¿dónde está? —demandó el revoltoso, llamado Carlos—. No, si no la traen a ella, me voy; me tiro al río, pero no me quedo aquí. Ella armó toda esta hecatombe y está libre, mientras que nosotros estamos capturados. No, reclamo justicia.

Al oír estas palabras, la gente reflexionó y comprendió que tenía razón: era Mariana quien había provocado todo ese desorden por no cuidar su lengua, así que debía ser capturada. La policía la buscó. El pueblo estaba destruido, y los políticos, contentos, pues tenían una excusa más para sus campañas y para sacar dinero. Capturaron a Mariana y la ajusticiaron, igual que a los otros que se creían dueños del desorden y la anarquía del pueblo.

Todos pagaron sus pequeñas condenas, pero eso fue pasajero. Mariana quedó marcada para toda la vida. Hoy, a sus 82 años, todavía dicen: «Te cuento un chisme, pero no me creas, pregúntale a la mocha Mariana». A ella no le gusta, pero quedó como símbolo del chisme. Prometió no volver a hablar de lo que no debe y ser prudente. Ahora, retirada de los chismes, vive sola con su condena eterna y una pensión de lengua.

Salahonda es el primer pueblo del mundo en el que un chisme unió a las Fuerzas Armadas, a grupos ilegales y al pueblo entero en una sola acción. Producto de ese hecho trascendental y monstruoso, que culminó con el castigo de una mujer, se conmemora allí el Día del No Chisme.

En cuanto a Jair, se fue del pueblo, pero de vez en cuando llama a Mariana, la mocha del cuento mocho; le da las gracias y hasta le manda una remesa para que no viva tan pobre.

Un marido malo

Facundo León nació en un pueblo del Pacífico donde el guayacán es un árbol de madera más resistente que el cemento, donde la lluvia es más frecuente que la comida, donde la creciente se divierte visitando el pueblo y las casas saludan al río todos los días, aunque tiemblan con su presencia. En este lugar, la gente vende chismes muy baratos, el odio se compra a un alto precio, los niños rinden pleitesía a los adultos, y los adultos enseñan a sus hijos a ser viejos y a amar la vida.

Es hermoso nacer en este pueblo y aún más satisfactorio vivir en él. Sus habitantes dicen que en el San Juan la vida se detiene y las aves más hermosas anidan ahí para sentir la frescura de la naturaleza, ya que en otros lugares la contaminación no les permite cantar, sino que, por el contrario, las pone en estado crítico respiratorio.

Los animales salvajes se ríen al saber que la vida es tranquila y la amabilidad de la gente les ofrece un ambiente de gozo y paz. Este es el sacramento a la vida: la gente es pobre, pero vende alegría a bajo precio y es capaz de derribar una casa en una noche de fiesta y de reconstruirla al día siguiente mejor que antes. Este pueblo exporta paz, una paz tan barata que nadie se enriquece por ella, pero sí por su tranquilidad; el tiempo suele detenerse por placer, y lo ha hecho más de diez mil veces, fenómeno que los científicos no alcanzan a explicar.

Allí mismo nació Facundo, en la tierra donde los ángeles van de vacaciones. Creció en el seno de una familia humilde, pero con muchos valores. Podía hacer lo que quería, pues su madre le patrocinaba toda clase de locuras. En cambio, las mujeres o sus hermanas debían estar en la cocina o haciendo labores domésticas. Era una vida diferente a la de estos tiempos: los hogares se mantenían y los hijos siempre andaban por caminos correctos. ¡Qué paradoja!

La vida seguía su rumbo y Facundo comenzó a tener novias. Su madre, doña Rufina, le alcahueteaba todo, como si él la hubiera hechizado con agua del río, pues solo esperaba que él hablara para darle crédito y defenderlo en cualquier momento. Una vez, una vecina le dijo:

—Si usted sigue así, su hijo no va a ser como los otros, todo un caballero; por el contrario, va a ser un hombre malo con las mujeres, y eso puede provocarle mucho sufrimiento a usted, a él y a ellas también.

—Por mi hijo vendo hasta mi alma —le contestó Rufina—. Él jamás va a sufrir; ellas son las que lo buscan.

Hugo Salmo, su padre, le daba consejos y lo trataba con dureza; no obstante, la suavidad de su madre era más grande que la realidad que se necesitaba.

Facundo solo usaba sus novias en momentos específicos. Era peor que una creciente repentina y caudalosa del río San Juan en tiempos de lluvias altas. Decía que las necesitaba para el uso diario.

Nuestras palabras a veces nos castigan. Una vez, se enamoró de Mabel, una mujer trigueña de ojos café claro, de cabello ondulado y un afro que causaba antipatía en las mujeres. Esa diosa tenía una cintura de guitarra que combinaba con sus hombros libres y sensuales. Era una divinidad, tanto que todos los años ganaba el concurso de reinado del pueblo, hasta que en una décima ocasión las otras candidatas dijeron que no participarían si ella lo hacía.

Facundo, con sus dotes de elegancia y revestido de Eros, logró sorprenderla con un detalle al que ninguna mujer podría resistirse. Era un mago para el amor y en cada acto le demostraba que ella sería su esposa. No tardó mucho en cumplir su objetivo: le propuso matrimonio y, como no era acaudalado, la invitó de luna de miel a Tadó, donde estaban las playas más hermosas del río San Juan. Allá mismo le dijo que ella sería su otra mitad y que, si ella faltaba, él moriría.

La gente del pueblo comentaba que Facundo por fin había encontrado su alma gemela, que ahora sí vendrían cambios para este conquistador. De esa manera, comenzó una vida nueva, una vida para Mabel, una vida de lucidez mental para su luna radiante en noches oscuras. Tenía dispuesto para ella un corazón que, cuando la veía, daba luz propia, y el arcoíris los cubría para que la luna y el sol no estuvieran celosos de esta maravillosa pareja.

Mabel usaba algunos truquitos para mantener su belleza, se esforzaba por verse hermosa y hacerle entender a su amado que valía la pena estar con ella. Su dieta estaba basada en agua del río sacada en la madrugada, pues los ancestros decían que prolongaba la vida y mantenía la piel lozana. También tomaba yerbas de varias veredas, las combinaba y las bebía para aumentar su belleza y detener el paso del tiempo. Sin embargo, todo esto le destruía su vientre: cuando intentaron tener un hijo, el médico les notificó que no podría ser madre. Las hierbas de la belleza y el agua del río le impidieron procrear.

Desde ese momento, la vida se convirtió en un caos, en una tristeza. Ya la belleza poco importaba, porque su esposo quería un hijo, pero ella jamás podría dárselo.

Facundo cayó en una depresión y se puso tan delgado que la gente pensaba que se iba a morir; sería la primera persona menor de 30 años en irse de este mundo en ese municipio por causa de esa rara enfermedad. Allí, la gente se moría de vieja; es más, cuando había dos fallecidos, el pueblo estaba en total silencio por casi una semana: la muerte era un acontecimiento poco natural.

Alguien dijo que podría ser producto de la hechicería, y todos se preocuparon hasta que se dieron cuenta de la verdad. Un día, Majita, un amigo, le dijo que tuviera sus hijos con otra mujer y dejara a Mabel, por lo menos por un tiempo. Al principio,

Facundo se rehusó, pero luego comprendió que era la única opción de ser padre.

No en vano comenzó a comprar ropa nueva, perfume y a sonreírle a cuanta mujer se topaba en la calle. Fue entonces cuando conoció a Chomba, quien no sabía de su procedencia, pues era nueva en la región. Ella se convirtió en alguien de suprema importancia y tomó parcialmente la vida de Facundo. Tuvieron cuatro hijos sin que Mabel se enterara de nada.

A veces se cree que los secretos se guardan para no hacernos quedar mal, pero no es así: salen a la luz para causar estragos. Tres años después, alguien le dijo la terrible verdad a Mabel. Su reacción fue extraña: con alegría gritó al cielo y dio gracias a Dios porque su esposo había logrado su sueño. Ni ella misma entendía su contradicción, pero era tal el amor que le tenía que se alegraba porque eso lo haría feliz.

Facundo volvió a casa, pero ya nada era lo mismo. El amor por Mabel había desaparecido, así que ella, con mucho dolor, pero con agradecimiento, decidió dejarlo ir. Luego de vivir seis años con Chomba, ella ya no lo quería ver ni en fotografía, así que tomó la decisión de irse con sus hijos para no volver jamás. Sabía que él no iba a olvidar nunca a Mabel, y ella no podía ser su sombra siempre.

Su madre, quien era todavía joven y lúcida, decía: «La vecina tenía razón: creé un monstruo, pero es mi hijo». Con sus 37 años, Facundo se sentía feliz al estar solo, pero, cuando abordaba a las mujeres, todas le decían: «No te pongo atención porque eres un mal marido, y es mejor verme muerta que estar al lado de una sombra con huesos». Desde entonces, las mujeres lo llamaron «marido malo». Nadie le prestaba atención y, cuando salía de su pueblo, parecía que llevaba ese rótulo en la frente.

Nunca volvió a encontrar a otra mujer. Mabel jamás regresó con él. De Chomba y de los cuatro hijos, nunca se supo qué arcoíris se los había llevado, ni la luna sabía dónde los había escondido el sol, como si la tierra se hubiera abierto para jamás volver a soltarlos.

Los habitantes del pueblo hablaban de aquel «marido malo» que había conquistado a Mabel, que con su encanto deslumbraba a todas y las hacía caer rendidas a sus pies, pero que escondía un gran dolor en su corazón y lo mitigaba tomando licor y, como buen embajador del sentimiento, escuchando vallenatos.

Cierto día, vieron a un hombre que venía cabizbajo, con paso lento, tranquilo y enjuto en su complexión: era Facundo, que se había arrepentido de su pobre vida. Pero el amor de una mujer es más grande que los errores de un hombre y Dios perdona, incluso a los que los humanos odian. Y así fue: algunos lo odiaban, pero otros lo miraban con compasión. Ya no era un hombre atractivo y fino, parecía viejo y enfermo. Sin embargo, cuando Mabel, que todavía era hermosa, escuchó que había vuelto, saltó de alegría y fue en su busca. Al encontrarlo, lloró en sus hombros y lo perdonó. En el pueblo, este fue el perdón del año, y los dirigentes prohibieron que le dijeran «marido malo»: ahora debían decirle «el arrepentido».

Mabel lo amó toda su vida, y los hijos de Facundo la apreciaban mucho. Él entendió el valor de una buena esposa y comprendió los errores de su madre, quien murió sin poder ver a su hijo feliz por primera vez en los brazos de una mujer.

Cancha y su carro

Kwan era una niña que había crecido en Incheon, Corea del Sur, un puerto famoso por sus deliciosos platos chinos. Esa relación cultural con China hizo que sus padres fueran muy nacionalistas. Aunque intentaron formarle el carácter, Kwan se apegó más a las redes sociales que a obedecerlos. En Corea, los padres eligen nombres tradicionales y significativos para sus hijos; por ejemplo, el nombre *Kwan* significa 'mujer fuerte' y, aunque sus padres lo eligieron con otra intención, ella lo adoptó como símbolo de su carácter indomable.

Un día, sus padres decidieron comprar un carro, pues les facilitaría mucho la vida, ya que vivían lejos de sus lugares de trabajo y de la escuela de Kwan. Sin embargo, la niña se descontroló, pues vio en esa compra un regalo añorado que pensaba que jamás obtendrían. Doce años después, cambiaron de carro, lo que la hizo aún más feliz, pues a sus 24 años disfrutaba del vehículo para sus propias actividades. Sus padres notaron la adoración enfermiza de Kwan por ese carro: no permitía que nadie lo tocara, lo lavara o intentara subirse sin su autorización. Sin embargo, por no llevarle la contraria, permitían que lo cuidara.

Tiempo después, Kwan salió en el carro y no regresó. Sus padres imaginaron que quería vivir sola y estaban en lo cierto: su hija, sin considerar el dolor que les causaba, se había mudado al otro lado de la ciudad para probar que podía sobrevivir sin su ayuda.

Un mes después de estar viviendo sola, Kwan adoptó una perra a la que llamó Cancha. El animalito era juguetón: la esperaba moviéndole la cola, le llevaba las chanclas, lo cual la hacía sentir como una diosa. Cuando ella salía, Cancha lloraba y no comía hasta que regresaba. Sin embargo, esta situación, que había comenzado siendo muy hermosa, se había vuelto un problema, pues Kwan ya había tenido que cambiar de trabajo cinco veces en un año porque no podía dejarla sola.

En cierta ocasión, al regresar cansada, triste y agobiada por tanto trabajo, una vecina le dijo que Cancha había ladrado todo el día. Kwan se enfureció y la insultó. Sorprendida por esa actitud, la vecina se dio la vuelta y no volvió a dirigirle la palabra jamás. Otro día, un vecino le dijo que su carro era muy bonito, pero ella le respondió que no lo mirara. Una semana después, la perra ladró durante cuatro horas consecutivas, lo que molestó a toda la comunidad. Por lo tanto, cuando regresó de su trabajo, le exigieron que se fuera del barrio o se llevara a su mascota. Kwan decidió irse, pero dejó una nota escrita en la que se leía: «Mi carro y Cancha valen más que todos ustedes».

Recorrió varios vecindarios buscando dónde alojarse, pero, como nadie quería vivir con una perra que lloraba todo el día, volvió con sus padres, que la recibieron con los brazos abiertos y le sugirieron que amaestrara a Cancha. Además, le prometieron que no tocarían el carro, lo que la llenó de felicidad.

Con el tiempo, su obsesión por Cancha y el carro creció. Una amiga del trabajo le aconsejó que no cambiara a las personas por un animal o por un vehículo, que ella había nacido de una madre, que cuando iba al médico la atendía una persona, que su jefe y compañeros eran personas, que cuando se enfermaba la atendía una persona, que cuando iba a comprar la recibía una persona, que el ser humano es gregario por naturaleza y que sería bueno hacerse amigos de los humanos sin olvidar a su Cancha y a su carro.

A Kwan, sin embargo, estas palabras le resultaron hirientes. Ya no le volvió a hablar e hizo que su jefe la despidiera por mala trabajadora, lo cual la reconfortó mucho. Al llegar a casa, les contó lo sucedido a sus padres, quienes la aplaudieron sin saber que estaban sembrando un monstruo.

Un día, mientras estaba en su oficina, recibió una llamada urgente desde su casa y se fue de inmediato, pues entendió que alguien estaba enfermo, pero no sabía quién. Dejó el carro fuera y entró temblando, pues temía que Cancha hubiera enfermado. Sin embargo, su padre le explicó que se habían acabado los medicamentos que tomaba su madre y que, sin ellos, su vida corría riesgo. Ante esto, Kwan respondió: «¿Y para eso me hizo volver?». Luego, tomó su carro y se fue hablando con él como si pudiera entenderla.

Cuando regresó al trabajo, le informaron que su madre había fallecido, pero ella dijo que ya lo sabía, lo cual dejó a todos anonadados por su insensibilidad. Al regresar a casa por la tarde, la madre yacía muerta, pero a ella le daba igual: se limitó a lavar el carro y a hablar con la perra. Ante esta extraña actitud, su padre decidió mudarse a un lugar para personas de su edad, pues temía que su hija lo envenenaría en cualquier momento.

Cuando su jefe se enteró de todas estas circunstancias, la despidió y restituyó en su lugar a su antigua amiga, pues reconoció que ella no había cometido ningún error; en cambio, Kwan demostraba poca empatía hacia los demás, y una empresa que producía leche para bebés que nacían con problemas necesitaba empleados confiables.

Kwan se fue a vivir sola y sobrevivía con lo que había obtenido al vender la casa de sus padres. Hablaba todo el tiempo con Cancha, aunque jamás le respondía ni la entendía. No tenía otras relaciones. Un día, decidió salir, pero se dio cuenta de que no entendía lo que decían los demás; su cerebro había perdido esa capacidad por el aislamiento. Al regresar a casa, encontró a Cancha muerta producto de la vejez. La enterró y, aunque el dolor le duró cuatro meses, decidió que volvería a su vida normal. Sin embargo, comenzó a caminar en cuatro patas, ladrando y meneando la cola como Cancha.

Los psiquiatras decidieron enviarla a un lugar donde solo había perros. Al principio, el tratamiento fue positivo, pero luego comenzó a confundirse con ellos y a molestarlos. Uno de los perros la atacó para defenderse y la herida resultó mortal. Vendieron su carro para cubrir los gastos funerales y hasta hoy nadie sabe cómo una mujer tan linda, inteligente y cuerda terminó convirtiéndose en un perro que odiaba a los humanos.

Mi nombre es Salamio, y mi apellido, Dulce

Salamio era un hombre de unos 50 años cuando comenzó a hablar de su suerte y de todos los imprevistos que había sufrido en esta vida. Decía, de manera jocosa, que en la otra vida le esperaba un regalo de mala suerte, pues se consideraba de mala estrella.

Había nacido Metromal, una ciudad donde había que cuidarse de los que salían de las alcantarillas y de las ratas, que robaban hasta los pañales usados de los bebés. Por ello, la mamá le decía que tenía que salir de allí a como diera lugar, ya que era un sitio hostil y con muchas necesidades básicas insatisfechas, lo que obligaba a todos a sobrevivir como podían.

Los adultos decían que todos los males del mundo se acumulaban ahí, pues, según la leyenda, un mago, acusado de un delito que no había cometido, había sido condenado a la horca, por lo que desde entonces no hubo paz y la pobreza se extendió. Y como, donde hay pobreza, la delincuencia está en la esquina esperando su oportunidad para atacar, Salamio decidió irse.

A pesar de las dificultades, logró casarse y formar una familia, aunque Maritza, la mujer que tomó como esposa, a la que había conocido luego de una borrachera, no era un ángel mandado del celeste mundo. Sin embargo, pese a que no la quería, tuvo que vivir con ella, ya que, luego de dos noches de embriaguez, ella había quedado embarazada, y en esa ciudad era imperdonable que una mujer tuviera un hijo sin la bendición del padre, el sacerdote y la madre. Además, si no se casaba con ella, sería declarado pecaminoso, y su castigo sería trabajar un año sin salario y luego irse a un pueblo vecino, donde no podría tener ninguna relación sentimental.

Maritza era alta, de ojos grandes, piernas torcidas, cara larga, nariz chata, manos gruesas y cintura ancha. Sin embargo, con el tiempo, Salamio empezó a verla con otros ojos, ya que era una mujer dócil, sabia, y lo vestía con elegancia. Aunque no era físicamente atractiva, era un ángel que le hacía creer que no había sobre la tierra una opción mejor que ella.

En cuanto a Salamio, a pesar de su poca belleza, atraía a muchas mujeres, pero nunca miró a ninguna. Un día decidió salir de casa en busca de fortuna, pero un mes después se enteró de que su esposa estaba embarazada de trillizos, por lo que completarían cuatro hijos.

En Metromal, un político llamado Juan Carlos Salinas comenzó a hablar de democracia, proclamando que era el gobierno del pueblo y para el pueblo. Aunque sus palabras parecían vacías, convenció a muchos. Dos años después, ya había candidatos para la alcaldía de esta ciudad. Salinas ganó y comenzó a implementar nuevas formas de corrupción mientras explotaba las riquezas del pueblo y lo hacía prosperar. Nadie se percató de su astucia.

Salinas cambió las formas de castigar, dio libertad a las mujeres y proclamó que a partir de los 18 años todos eran autónomos. No fue buena idea, pero nadie lo contradecía porque tampoco habían estudiado. A pesar de la falta de educación, habló de escuelas, universidades y uniformes, y logró resultados. Al cabo de diez años, Metromal ya era un pueblo diferente a los demás, y el país comenzó a buscar su primer presidente. Juan Carlos Salinas ganó, eliminó leyes contrarias a los derechos humanos y estableció vínculos con otros países de la región.

Ante este cambio, Salamio se dio cuenta de que podía dejar a su esposa, pues no la amaba ni estaba dispuesto a seguir con ella. Encontró una nueva novia, se enamoraron y se casaron.

Tuvieron una hija que nació con problemas mentales y, a pesar de que lucharon contra este tormento, fue imposible superarlo.

No sabía Salamio que la vida le tenía reservada una jugada dura: al poco tiempo, como venganza del destino, perdió todo lo que había construido. Sus hijos mayores lo aborrecían, trataban mejor a los cerdos del pantanero y a las gallinas de la finca que a su propio padre. Nunca recordaron que, a pesar de haberse alejado, estuvo pendiente de su educación, alimentación y salud; incluso, prefería no comer antes que ver a sus hijos con hambre o a su madre pidiendo limosna.

Al poco tiempo, la empresa donde trabajaba cambió de razón social, por lo que se quedó sin empleo. La única opción fue reciclar lo que un pueblo pobre desechaba. La plata ya no le alcanzaba y, sin trabajo estable, no tenía cómo pagar médico, lo que deterioró su salud al punto de ya no poder trabajar. Su esposa actual lo apoyaba, pero también tenía que velar por ella y su hija. Para su buena suerte, su familia le dio una mano, pero con la condición de que dejara a su esposo, así que, sin pensar en su alma gemela, tomó la oportunidad que se le presentaba y se fue. Salamio la amaba tanto que su corazón casi estalla y cayó en depresión, lo que le llevó a sufrir hipertensión y, luego, diabetes. Este fue su peor castigo.

Sus hijos mayores se desplazaron por el país para no verlo ni compartir su suerte. Uno de ellos vio una salida en las drogas y luego se unió a grupos ilegales. Aunque desde entonces comenzó a enviarle algo dinero, no era suficiente ni para un día de comida. Poco a poco, la diabetes fue tomando el control del cuerpo de Salamio y estuvo a punto de morir. Meses después, su padre falleció y le dejó una herencia con la que compró un vehículo y volvió con su esposa. No obstante, la suerte no le duró y perdió el vehículo. La sal lo seguía a cada paso.

A partir de entonces, se dedicó a vender en la calle. Sin embargo, la diabetes avanzó y lo mandó al médico. Triste, lleno de remordimiento, y cerca de una lápida, nunca recibió visitas de familiares, solo de una amiga que le dijo que uno de sus hijos consideraba que lo peor que le había pasado había sido tener un padre como él. Esto lo entristeció mucho, pero su fe en Dios y su deseo de no desmayar le dieron fuerzas. Algunos dicen que el amor a su esposa hacía brillar su alma en medio de la oscuridad.

Cuando una enfermera le dijo que podía irse, pero que debía controlar su enfermedad, una sonrisa brilló en sus labios, algo que no sucedía desde hacía meses. La vida siguió su curso y Salamio quiso subirse a ella, pero lo sacudió de una manera tan fuerte que sintió el peso del planeta entero sobre sus hombros: uno de sus hijos, el que se había unido a un grupo ilegal, fue asesinado minutos antes de decirle que la vida debía mejorar para todos.

Salamio no encontraba paz, pero recurrió a Dios, quien le dio fuerzas nuevamente. Sin embargo, su dolor era tan grande que se desanimó y, por concentrarse en sus problemas, su nuevo vehículo se estrelló contra otros, lo que resultó en lesiones y daños que tuvo que pagar, a pesar de sus bolsillos vacíos.

Dicen las amigas —que saben todo, pero que nunca confirman nada— que Salamio, con mucha tristeza, abrió un mapa y, como por arte de magia, se metió en él y nunca más salió. Sus hijos lo extrañaban y reconocían la lucha que su padre había enfrentado, aunque nunca lo habían comprendido. Hasta sus hermanos lo maldecían. Hoy, nadie sabe nada de él, solo se escucha la historia del hombre más salado del mundo.

Sin embargo, para fortuna de unos pocos e infortunio de muchos, un día apareció en una cama de hospital. Nadie sabía de su existencia. Solo un amigo lo visitaba, le daba ánimo y lo instaba a ser fuerte, sin saber que su fuerza se había convertido en debilidad. Salamio gritaba por dentro, sin poder soportar una afrenta más. Cualquier nuevo suspiro de desamor o dolor lo regresaría al sitio de donde nuca debió haber salido.

En una pieza lúgubre, ausente de vida y recorrida por la muerte, el sueño lo sorprendió: una enfermera se acercó y, sin ruborizarse, le dijo que solo contaría con una pierna. Salamio se quedó callado, perplejo ante tanta infamia. Al despertar, habló al cielo y este le escuchó.

El día catorce de enero a las 11:40 a. m., luego de desayunar y de hablar con alguien por teléfono, el día se convirtió en noche: sin sonido, sin olor, sin enfermedad, la muerte, que sí lo amaba, lo llamó, y Salamio se fue ufano con ella. Murió con la boca casi abierta y un ojo casi fuera de su órbita, quizás pidiendo clemencia al Señor de Señores. Otros pensaban que lo que le habían dicho por teléfono había sido más duro que quedarse sin una pierna. Apenas unas pocas personas sintieron su perdida, pues el resto del mundo no lo consideraba.

A su entierro asistieron conocidos, amigos y parientes. Vino su hermano, quien decía que no lo podía visitar porque vivía muy lejos. Su esposa estuvo atenta con todos, y sus hijos mostraron amor, pues lo llevaron de la morgue al cementerio con tal hidalguía que parecían que estaban enterrando al hombre más bueno del mundo. La gente cantaba en su funeral. Sin embargo, su gran amigo no fue, pues no resistiría tanta hipocresía por parte de quienes lo habían despreciado en vida.

Hoy, Salamio está sin diabetes, con ambas piernas, sonriendo y gozando de una vida perfecta, aquella que lo desheredó en la tierra de sus amores y que lo alejó de su gran pasión; alguien sí entendió por qué tenía el apellido Dulce.

El héroe de mi tierra

En Colombia, más precisamente en el departamento de Chocó, junto al océano Pacífico, existe un pueblo llamado Campo Alegre. En ese lugar, donde se ondea el oro y el platino sale a hablar con las personas, donde se ve más el oro que el sol y donde la lluvia se ha vuelto amiga del platino, vive Enriquito, un hombre al que muchos le atribuyen poderes. Incluso se ha llegado a pensar que es un ser de otra galaxia, pues nunca se ha visto que a un hombre le disparen y que, en vez de una bala, salga agua.

¿O será que llueve tanto en estas tierras que las armas de fuego se confunden con juguetes de agua? No se sabe, pero lo cierto es que Enriquito es un héroe de marca mayor y ha protagonizado tantos episodios que todavía la gente se asombra de su capacidad para producir magia real.

En cierta ocasión, unos hombres estaban cobrándole un dinero a una señora de 70 años y con poca educación llamada Leonisa, quien jamás había visitado un centro educativo. Los años hablaban por ella; a su edad, poco funcionaba con normalidad, aunque le rogaba a la tierra que le diera algo de oro. Ella insistía en que no tenía dinero y, en su poca lucidez, les decía:

—Cuando cambie mi metalito por dinero, les abono.

Los hombres se rieron de su español mal hablado, la tomaron de la nuca y casi le hicieron un nudo con su propio cuerpo. En ese momento, sin embargo, se escuchó a lo lejos la voz de Enriquito:

—Déjenla, que ella es una persona incapaz de enfrentarlos y no tiene cómo pagarles.

—Entonces, ven a pagar tú —le respondieron los cazadineros.

Enriquito, quien no permitía palabra tirada ni agua echada, tomó su machete y se acercó a ellos. Al ver su imponente figura de casi dos metros de estatura, con músculos como de cemento y tríceps que parecían varillas de acero, los hombres desenfundaron sus armas y, sin decir más, le dispararon. Enriquito se agachó y detuvo los doce tiros con su machete. Sorprendidos, los hombres huyeron sin llevarse el dinero que ya habían cobrado. Enriquito lo tomó y se lo devolvió a Leonisa, quien, muy contenta, fue a comprar su desayuno y tuvo dinero para sus nietos sin tener que vender su metal, que guardó para una ocasión más importante. Los cazadineros jamás volvieron al pueblo.

Eso de ser héroe le estaba gustando a Enriquito y, como en todo pueblo, ya se hacían muchas especulaciones, todas a su favor. Todos querían ser su vecino, pues, ante cualquier problema, tenían a su superhéroe. No tenía que trabajar, pues la gente lo mantenía e, incluso, cuando llegaban personas de ciudades cercanas, le llevaban los mejores zapatos y pantalones. Vivía como un rey; sin riquezas, pero con grandes privilegios.

Una vez sintieron un ruido sospechoso, pero nadie se atrevía a decir algo, pues había un grupo delincuencial llamado «La Chusma», sin alma ni piedad, liderado por la Chiqui, una mujer de 30 años, delgada, alta, con unos ojos de diamante que contrastaban con su carácter pusilánime y despiadado.

El ruido crecía y el temor aumentaba a pasos agigantados. Se percibía un riesgo de muerte inminente. Todos esperaban que acabaran con el pueblo. Ya no había clases, las tiendas estaban cerradas y se habían suspendido las fiestas patronales. El río mostraba las playas en su máximo esplendor, y los sábalos saltaban como burlándose de sus pescadores, pues nadie acudía a tomarlos.

El miedo reinaba en los corazones. Pepito, Benado, Andalino, Guachupecito, Palminio, Compachele, Demetrio, Bombillo, Chino y hasta el Puma, que se creían héroes, estaban temerosos, con movimientos involuntarios en los pies durante casi dieciocho días. Solo pedían al cielo que ese suplicio pasara y prometían no tomar más licor, pero una vecina que los oía decía: «No creo en ruegos de tomadores ni en promesas de borrachos», y cerraba su puerta para no escucharlos. doña Guinde, Nimia, Mariela Robledo y Amparo decían que si no hacían algo morirían de inanición, pero nadie daba un paso para enfrentar el peligro.

En cambio, el impenetrable Enriquito se despertó, con más pereza que miedo, luego de dormir setenta y dos horas consecutivas. Al sentir el estómago vacío, le pareció raro que no le hubieran llevado comida, siendo que era considerado un héroe y hasta se hacía llamar «el rey de Condoto»

El sueño era aterrador, y el hambre superaba la parte del cerebro que induce el sueño. A pesar de ello, todo parecía tranquilo, como siempre, ya que en ese pueblo nunca había asesinatos, violaciones, robos ni uso de drogas. El único problema lo causaba La Chusma.

Como la electricidad solo llegaba una vez al mes durante cuatro horas, y siempre de día, nadie se acostaba a ver televisión en la noche, así que los niños se entretenían leyendo durante el día y contando historias por las noches. Los adultos, por su parte, compartían, jugaban dominó y dormían temprano. También contaban historias, casi todas sobre un señor llamado «Compa Pacho». Era una vida de lujo en un pueblo de pobres.

Enriquito pedía comida a gritos como un animal feroz. Los árboles se estremecían, los pájaros se tapaban los oídos y las hormigas se enterraban para no escuchar. Como nadie le respondía, se enojó y acudió al ruido que todos deseaban que no existiera, pero, cuando se asomó, vio que se trataba de unos animalitos, pues uno de ellos estaba teniendo sus crías. Los echó y se fueron monte adentro. El ruido fue espantoso, un tanto por el miedo de las personas que por otra cosa. Se sintió que el monte se dispersaba y tomaba un camino directo hacia la selva, lo que fue impresionante.

La Chiqui y su banda rodearon a Enriquito, quien los amenazó con tanta fuerza que le salía fuego de la boca. La líder criminal se aterrorizó, tomó sus caballos, llamó a sus hombres y les dijo que nunca volvieran a ese pueblo, pues, a pesar de ser despiadada, no quería perder lo que el Omnipotente le dio. En realidad, Enriquito solo estaba bostezando, pero ella pensó que los mataría a todos.

Sin saber lo que acontecía, Enriquito salió a las calles y la gente lo aplaudía. La solidaridad y el respeto del pueblo estaban con él. Comenzaron de nuevo las fiestas, las escuelas abrieron, los sábalos se volvieron esquivos, y la hermosa playa en medio del río, rodeada por corrientes de agua verde, azul y transparente en la parte más profunda, se llenó de personas lavando sus ropas, nadando y pescando.

Para el siete de octubre, le pusieron a Enriquito su cetro de rey, le dieron dinero y le desearon una larga trayectoria en el planeta Tierra. Nunca nadie supo que la Chiqui y su banda habían sido capturados y que, tras las rejas, decían que todo era por culpa de Enriquito, pues ya no tenían la mente clara para actuar y sentían que el fuego les caía del cielo.

Enriquito, que aún vive, es una de las tantas leyendas que quedan en un pueblo del que brota platino y que produce oro como lluvia. Muchos dicen que es el único pueblo minero en el mundo que jamás desaparecerá.

Otras obras del autor

Cuentos para soñar y no querer despertar

Pablo: una vida, una mujer, una oportunidad

Cuentos de aventuras, ríos y mares

www.ingramcontent.com/pod-product-compliance
Lightning Source LLC
LaVergne TN
LVHW090125160826
845673LV00015B/846

* 9 7 8 6 1 2 5 1 6 0 7 2 0 *